literatur
WERKstatt
berlin

allitera verlag

Sie sind alle am Anfang ihrer schriftstellerischen Karriere, nicht älter als 35 Jahre. Die meisten suchen nach einer ernsthaften Herausforderung in der Literaturszene. Dazu haben sie die Chance – als Teilnehmerinnen und Teilnehmer des open mike der Literaturwerkstatt Berlin.

Der open mike ist ein internationaler Wettbewerb junger deutschsprachiger Prosa und Lyrik. Schon längst ist er über die Grenzen Deutschlands hinaus bekannt.

Viele Autoren, deren Namen heute im Literaturbetrieb bekannt sind, haben ihre Karriere beim open mike in der Literaturwerkstatt Berlin gestartet. Dazu gehören z.B. Karen Duve, Tim Krohn, Kathrin Röggla, Julia Franck, Terézia Mora, Jochen Schmidt, Zsuzsa Bánk und Tilman Rammstedt.

Sechs Lektorinnen und Lektoren aus renommierten Verlagen – Christian Döring (freier Lektor), Petra Gropp (S. Fischer Verlag), Bettina Hesse (Tisch 7), Angelika Klammer (Jung und Jung), Martin Mittelmeier (Luchterhand Literaturverlag) und Dieter Stolz (Steidl Verlag) – haben riesige anonymisierte Textberge abgetragen, sich durch 660 in die Wertung gekommene Einsendungen gelesen und die 21 interessantesten Texte herausgesucht. Die ausgewählten Autoren lasen im Finale im November 2007 in Berlin.

Der 15. open mike ist eine Gemeinschaftsveranstaltung der Literaturwerkstatt Berlin und der Crespo Foundation in Zusammenarbeit mit der WABE und dem Allitera Verlag.

Mit freundlicher Unterstützung von Pro Helvetia. Schweizer Kulturstiftung und »Dussmann das Kulturkaufhaus«.

15. open mike

Internationaler Wettbewerb
junger deutschsprachiger Prosa und Lyrik

Alle Wettbewerbstexte

Weitere Informationen über den Verlag und sein Programm unter:
www.allitera.de

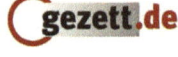

Allitera Verlag
© 2007 Anthologie: Allitera Verlag, München
© 2007 Texte: bei den Autoren
Umschlaggestaltung: Kay Fretwurst unter Verwendung
eines Fotos von gezett.de
Herstellung: Books on Demand, Norderstedt
Printed in Germany · ISBN 978-3-86520-287-1

Inhalt

Thomas Wohlfahrt *Der open mike im neuen Format* · 7

Knut Birkholz *Wo ich nach Sternen suchte* · 11
Nina Lucia Bußmann *Nachsaison* · 19
Nava Ebrahimi *Die Fahrt* · 26
Tina Ilse Gintrowski *Planet Pony* · 32
Djawad Hossaini *An einem Ferientag* · 38
Timo Kröner *hirnregionenabtasttage* · 44
Mirko Kussin *Echolot* · 54
Juliane Liebert *Gedichte* · 61
Anselm Neft *Die schönste Blume Allgäus* · 71
Theresa Pak *Mittag + Abendtisch* · 78
Carolin Reeß *Dünne Haut* · 86
Andre Rudolph *Gedichte* · 94
Gregor Runge *Schlafen* · 104
Sara Magdalena Schüller *Bauflucht* · 110
Kerstin Schulte *An den Tischen* · 118
Christoph Steier *Holy Shit* · 124
Mischa Strümpel *Gedichte* · 129
Johann Trupp *Parallelgestalten* · 144
Simon Urban *Immerhin habe ihr Onkel ...* · 150
Nadja Wünsche *Gedichte* · 157
Judith Zander *Gedichte* · 168

Die Autoren · 181
Die Jury · 185
Preisträger und Jury 1993–2007 · 187

Thomas Wohlfahrt
Der open mike im neuen Format

Es war die Crespo Foundation, die den open mike, den wichtigsten Förderwettbewerb für den schriftstellerischen Nachwuchs im deutschsprachigen Raum, buchstäblich in letzter Minute gerettet hat. Vor einem Jahr ging er in der neuen Konstellation – nach wie vor veranstaltet von der Literaturwerkstatt Berlin, aber getragen von der Crespo Foundation – zum ersten Mal über die Bühne.

Vieles ist seitdem geschehen, was jungen Autoren über den open mike hinaus zu Gute kommt. In diesem einen Jahr konnte mancher als schmerzlich empfundener Mangel bei der Förderung junger Literatur gemeinsam beseitigt werden.

Die wichtigsten Veränderungen auf einen Blick:

1. Ein Preis für Lyrik
Fortan wird einer der drei Preise des open mike ausschließlich für Lyrik vergeben. Der Lektor für die Lyrik kann anstatt wie bisher drei nun bis zu sieben Lyriker nominieren, wodurch sich die Zahl der zum Endwettbewerb eingeladenen Autoren auf maximal 22 erhöht. Der eher spärlich ausgestatteten Preis-Landschaft für Dichtung wird somit ein Preis hinzugefügt und der Stellenwert von Dichtung insgesamt erhöht.

2. Die Preisträger gehen auf Lesereise
Zukünftig gehen die Preisträger des open mike unmittelbar nach der Preisverleihung auf Lesereise, in diesem Jahr werden sie im Anschluss an den open mike im Literaturhaus Frankfurt am Main lesen. Eine Erweiterung der Lesereise um mehrere Orte ist für die kommenden Jahre vorgesehen.

3. Die Publikumsjury
Was kann es für einen jungen Autor Schöneres geben als sich gedruckt und veröffentlicht zu sehen? Ebenfalls zum ersten Mal

in diesem Jahr kann auch das Publikum einen eigenen Gewinner küren: Der taz-Preis der Publikumsjury beinhaltet einen Abdruck des Gewinnertextes in der taz.

4. Das Kolloquium
Am Vortag des open mike gibt es zusätzlich zur öffentlichen Lesung ehemaliger Preisträger aus ihrem ersten Buch erstmals ein Kolloquium, zu dem alle ehemaligen Preisträger und ausgewählte Gäste geladen sind. Dieses Kolloquium diskutiert mit Fachleuten unterschiedlichster Disziplinen ein von den Autoren selbst bestimmtes literarisches Thema: »Langeweile als literarische Textfigur«. Klar, dass damit nicht langweilende Literatur gemeint ist.

5. Jugend schreibt
Die Workshops für junge Autorinnen und Autoren gehen in die zweite Runde. In Berlin leitet Björn Kuhligk ab November den Workshop »open poems« für Dichtung, in Frankfurt am Main Markus Orths den Workshop »open writing« für Prosa.

Soweit die Neuerungen des Jahres 2007. Selbstverständlich bleibt vieles so wie es war: Der open mike wird öffentlich ausgeschrieben, Lektoren aus wichtigen deutschsprachigen Verlagen wählen die Kandidaten für den Endwettbewerb aus. Autorinnen und Autoren bilden die Jury, die am Ende der öffentlichen Lesungen die Preise vergibt. Wir freuen uns, dass der Allitera Verlag wieder sämtliche Texte des Endwettbewerbs in Buchform veröffentlicht.

Wir danken allen Unterstützern des diesjährigen open mike, insbesondere dem Allitera Verlag, der WABE, Pro Helvetia. Schweizer Kulturstiftung und »Dussmann das Kulturkaufhaus« sowie den Medienpartnern Deutschlandradio Kultur, zitty und taz und allen Autorinnen und Autoren, die ihre Texte eingesandt haben und bereit sind, sich dem Literaturbetrieb und all dem, was ihn ausmacht, zu stellen; eben auch einem großen und begeisterten, aber durchaus kritischen Publikum.

Uns allen zusammen wünschen wir gute Texte, gute Gespräche und Diskussionen, Spannung und Spaß, dass die Besten gewinnen mögen und wir bald mehr von ihnen und einigen anderen zu lesen bekommen.

Thomas Wohlfahrt Karin Heyl
Leiter Literaturwerkstatt Berlin Crespo Foundation

Knut Birkholz
Wo ich nach Sternen suchte

Eine Sackgasse, sieben Tore im Spalier, grün unter weißgrauen Regenwolken. Der Fremde schleicht unsicher hinein, weiß nicht den richtigen Weg, weiß nicht, dass die Wegweiser irgendwann begonnen haben, in falsche Richtungen zu zeigen. Macht schon am ersten Tor mit den Hunden akustisch Bekanntschaft. Sie schlagen mechanisch an, geben zuverlässig Auskunft, dass hier jeder unerwünscht, dass hier kein Weiterkommen sei. Sie leben von Almosen und Rattenfang, den Ratten ging es in Kriechkellern und Fäkalkanälen kaum besser. Der Fremde setzt die durchweichten Schuhe schneller und sachter, um nicht gehört zu werden, um weniger hören zu müssen. Versteht die Hunde nicht. Wünscht, eine Menschenseele anzutreffen, die den Weg weiß. Die Gasse bleibt laut und leer. Im Kernland der Reformation ist calvinistische Offenheit ohnehin unbekannt. Auf Mauern mittelalterlichen Ausmaßes trübe Glasscherben im Mörtelbett, die Tore mit einer Borte von rostigen Speerspitzen. Abend wird angezeigt durch das guillotinenartige Niederschlagen von Jalousien. Kein ruhiger Schlaf ohne die Gewissheit, sich eingeschlossen zu haben. Tags herrscht Gardinenartiges, Blicke abzufangen. Wir tun nicht so, als hätten wir nichts zu verbergen. Gerüchte bleiben stets kümmerlich, wir kennen einander zu gut. Abwehr ist unser bevorzugter Gestus, der Fremde deutet ihn als Drohung. Er greift sich unwillkürlich an die Ohren ob der allseitigen Beleidigung. Balanciert in der Gassenmitte, weil seitlich Pfützen herrschen. Blickt stur, geradeaus, nach unten, aufs Kommende. Meint, dass da etwas scharrt irgendwo unter seinen Füßen und sich etwas regt hinter den Gardinen. Er erreicht das Ende des schäbigen Sacks, die Leere steigert seinen Ärger zur Wut und zwingt zur Umkehr. Rückweg vor inverser Lärmkulisse. Das Geheul schwillt ab, als die Hauptstraße erreicht ist. Die Hunde verfallen ins Schweigen, das Entschwinden des Fremden schließt wieder diesen kleinen Riss, der zur Einförmigkeit ihres Daseins gehört.

Da stehe ich, hinter dem dritten Tor, in einem schmalen Spalt der fremde Rücken. In meinem Rücken das, was ich Heimat nenne. Der familiäre Hof, einst vierseitig umstellt, bis – der Sage nach – ein Erdbeben die Scheune an der Nordseite zum Einsturz brachte. An seiner Südseite das Wohnhaus, grob verputzt und grau, rechts kleinere Speicher, links das riesige Stallgebäude mit dem großen Heuboden. Zentral in der grob gepflasterten Fläche der unvermeidliche Misthaufen, etwa sechsunddreißig Quadratmeter. Hier wurde nicht nur Mist abgeladen. Nah eine Jauchegrube, zwei Meter tief, bereits nach leichtem Regen überlaufend, notdürftig abgedeckt mit halb verrotteten Brettern. Einmal brach ich ein, und am folgenden Tag hieß es: Zuschütten! Anordnungen zu allem Wirtschaften und Gestalten ergehen seit Generationen vonseiten der Frauen. Im Matriarchat gelingen die Töchter, missraten die Söhne. Gatten flüchten sich zu Vieh und Pflanzung auf hunderten Quadratmetern zu fruchtbaren Landes. Die alten Gemäuer geben sich äußerlich intakt, innen dessen romantisches Gegenteil. Sand rieselt aus Mauerfugen, Zement war schwer zu beschaffen. Ausbesserung ist Alltag, Perfektion unbekannt. Getier und Gerümpel, das sich beständig vermehrt. Allgegenwärtig Schimmel und Staub. Nachwachsende Spinnenweben, behängt mit kleinen Kadavern. Da sehe ich mich, auf Rundgang durch Speicher und Ställe, prüfe, ob nicht irgendwo eine Butterfliege gegen Fensterscheiben kämpft. Finde eine, und bereite ihr den Weg in die Freiheit. Heiligkeit des kleinsten Lebens. Komme zu spät und übergebe das schillernde Tote dem Wind.

Schlachtszene. Großvater, in Kriegszeiten als Flakschütze auf einer Nordseeinsel, geht mit leichtem Gewehr, wir nennen es Knicker, auf Fliegerjagd. Zielt in den Schwarm, drückt ab. Eine Taube flattert hilflos vom Dach, schlägt vor mir auf. Großvater greift sie schnell, Handumdrehen, Kopf und Körper fallen getrennt, der Körper zieht irr eine rote Spur, weit aufgerissen der Schnabel, die Knopfaugen schwarz. Der Hund sehnsüchtig. Schlachtszene. Wintermorgen, der vereiste Hof, an einer Holzleiter hängt ein ausgeweidetes Schwein. Daneben Männer mit Schürzen, Korn macht die Runde. Ich drehe im Waschhaus den Wolf, das einst Lebendige wird unkenntlich. Allseitiges Lob dem alten Fleischermeister, der das Würzen wie keiner versteht. Er demonstriert meinem Bruder das Därmewaschen und Därmefüllen. Übervolle Schüsseln, dampfendes Fett, im Waschkessel kocht Wurst, zur Stärkung dann das frische Gehackte. Schlachtszene. Eine Fünfergruppe um einen mächtigen Hammel, der steht wie ein Altar. Ein Hintergrund mit gekalkten Wänden und vielem davon, was man eventuell gebrauchen kann. Der Schlachter, der die lange Reise über fünf Dörfer auf sich genommen hat, witzelt über uns Laien und erklärt, dass alles ganz einfach ist. Auf sicheren Stand achten und Finger in die Wolle krallen. Er setzt dem Tier einen Apparat auf den Schädel, zieht ab, Explosion, Bolzeneinschlag. Geruch von Schwarzpulver und Schweiß und anderem. Das Tier beginnt zu zittern, wird schwer, schwankt, bricht zusammen. Schlachtszene. Zwischen alten Kohlen und Holzstapeln, etwas Licht zur offenen Tür herein. Mit einem Knüppel der dumpfe Schlag auf einen Entenkopf. Ein Blick aus verdrehten, trüben Augen. Dann das Messer her.

Reichlich die Almosen, freundlich die Geber – hohe Festtage für jeden Hund. Der, dessen Name vergessen ist, suchte dennoch das Weite. Kehrte nach Wochen zurück, ein Hinterbein fast abgerissen, durch eine Marderfalle vielleicht, und versuchte noch, sich in seinem Verhau zu verstecken. Keine Rettung, und ich wurde verpflichtet, ihn im Garten zu vergraben. Ein anderer, namens Bello, wohnte mit einer freiwillig nistenden Taubenschar im gleichen Hause, dreigeschossig, neben dem Misthaufen, Herberge auch für allerlei Ungeziefer, das den wehrlosen Fliegernachwuchs plagte. Wenn Bellos Flöhe zum Mahl schritten, verlor der Herr Wirt die Besinnung, versuchte trotz Kette, sich in sein anderes Ende zu beißen, und begann zu kreisen, der Schwanz war meist schneller. Die Tauben liebten den frischen Westwind, und der frische Westwind liebte die Dunkelheit. Antennen schauten ihm aus anderen Gründen entgegen, und in stürmischen Nächten schlugen die maroden Gestänge unregelmäßigen Takt. Über Jahre kein Zweifel, ob diese düstere Musik Albträume hervorrufen könnte, bis ich dem Treiben mit einem Schraubenschlüssel ein Ende machte.

Aber bereits ein leiser Hauch von Osten verbreitete chemische Botschaften von einem der großen Werke, Vater arbeitete dort, Schichtsystem. Mutters Gebot, alle Fenster zu schließen. Großvaters Fluchen auf die Verhältnisse. Mein Rückzug, auch vor sonstigen Folgen der Großwetterlage, auf den Heuboden. Da sehe ich mich, die Brettertür leise von innen schließend, dann schnell die morsche Treppe empor. Weite im Zwielicht. Der Duft der getrockneten Gräser. Regen trommelt auf dem Dach. Klimmzüge an einer dünnen Stange zwischen mächtigen Balken, noch einmal hoch und noch einmal, und wenn du noch einen schaffst, dann darfst du wünschen. Mutproben in weiche Polster, Spiele mit vierzehnjährigen Mädchen, als ich vierzehn war. Mein Name schallt über den Hof, Pause. Noch einmal, mit mehr Nachdruck, Pause. Die Haustür schlägt. Vor aufgetürmten Strohballen jemand vom Katzenvolk. Macht große Augen, als ich mich anschleiche. Begrüßt meine Hand mit einem Laut, für den es kein Wort gibt. Lässt sich schmeicheln und schmeichelt selbst. Noch etwas verschlafenes Geräkel, dann ein unvermittelter Sinneswandel und ignorant ab. Stille fällt mir auf, Sonne strahlt durch Mauerfugen, Staub schwebt glitzernd. Ich öffne die schwere Holzklappe, beuge mich vor, zum Panorama: Kein Anzeichen von schlechtem Wetter, im Gegenteil. Unten nichts Verlockendes: Gelbfleckige Nachbarhäuser, die Klärgrube, umwuchert von Brennnesseln, ein Schaf scheuert mit der Flanke an einem Stapel Well-Asbest, ein zweites schaut nichtssagend zu mir herauf. Weiter rechts aber die Birnbäume, es ist Obstzeit – und sogleich beginne ich den Abstieg an der zerklüfteten Westwand.

Hinter Gemüsen das Weidenwäldchen und der Gartensumpf, der mit den Jahren verlanden musste. Seitdem meiden ihn die Abendnebel. Schilf war bald gewichen, der breite Graben erfüllt nur noch bei Dauerregen seinen Zweck, der Ärger mit undichten Stiefeln wurde zur Ausnahme. Ein buckliges Stück Wiese, altersschlanke Pflaumenbäume hoffen auf ein paar ruhige Jahre. Abends unter ihnen der *hedgehog*, das Heckenschwein. Schnauft neugierig zwischen Disteln, ohne Angst davor, was ihn aus einem Meter Abstand betrachtet. Wenn der Schnee kommt, arrangiert er sich mit einer der Weiden, schützende Wurzelwelt, wärmendes Geraschel. Benachbart eine weitläufige Wildnis, buntes Gehölz mit Schlingpflanzen, viel mannshohes Himbeergesträuch, alles zum Dorfpfarrer gehörig. Er rauchte mit Hingabe Zigarren und schlug mit dem Heiligen Buch die Konfirmandenköpfe, sofern ihr

Interesse an Gottes Wort wieder einmal zu wünschen übrig ließ. – Da sehe ich mich, vom trotzigen Kirchturm her dringt es mächtig ins Ohr, scheppernd, aber dreistimmig. Mutter folgt dem Ruf zum Dienst, ich folge Mutter, der Weg schlammig vom Herbst, in Hosentaschen klimpert es der Kollekte entgegen. Da sitzen wir in Kälte und Phrasen gedehnter Predigersprache. Über uns schwebt ein goldener Engel geduldig auf der Stelle. Der Gesang schleppend und schief, inbrünstig nur der Pfarrer, die Augen geschlossen. Ich denke an das Gerücht, er habe sein Herz nicht links, sondern in der Mitte. Später ich zwischen den Ruhestätten, transportiere einen familiären Grabstein umständlich ab, wir müssen Platz machen nach der abgelaufenen Pacht. Die behilfliche Sackkarre lärmt unter der Last, der ganze Friedhof wird verschreckt.

Hinter den heiligen Bezirk quetschte sich eine Reihe schmutziger Häuschen, dann die unverzichtbaren Gärtchen, üppig bestellt. Wenige Schritte an einem schmutzigen Rinnsal, ein kleiner Anstieg zum Bahndamm, dem vor Jahrzehnten Bahn und Schienen abhandengekommen waren. Von hier aus öffneten sich einhundertachtzig Grad rasiertes Land, Sicht kilometerweit, aber das große Gefühl von Weite wollte nicht recht: kaum anderes als Zuckerrüben und Kartoffeln, Produktpalette der Zwangsgenossen, zerteilt von einigen schmalen Dreckstrichen, an denen noch Büsche und Ähnliches hilflos dahinvegetierten. Zur Entschädigung in manchem Spätsommer eine Trias aus Mohnrot, Himmelblau und Weizengelb, und ich werde nie erfahren, ob das ohne Farbschwäche anders aussieht. Das nächste Kaff duckt sich vor einer der vielen Abraumhalden im Braunkohlerevier, wir nennen sie Kippe. Kräftig bewaldet, war aber von den »Freunden« besetzt. Gleich nebenan haben sie einmal ein Maisfeld von Soldaten umstellen lassen – da ich sehe mich, in einer Gruppe von Halbstarken, auf dem angrenzenden Fußballplatz. Ein Hubschrauber in Tarnfarben, vielleicht zehn, fünfzehn Meter über dem Boden, die Stängel knicken und fliegen. Der Lärm ist anfangs kaum erträglich, wir bleiben und spekulieren, ob da einer desertiert sei, und was mit ihm geschieht, falls man ihn zu fassen bekommt. Standrechtliche Erschießung wird angeführt, doch wir einigen uns: Arbeitslager in Sibirien, denn es ist ja gerade kein Krieg. Später gibt der Hubschrauber auf, kein Deserteur im Feld. Der

Mais ist gestraft, und die Truppen ziehen im Gänsemarsch in die Dämmerung.

Und was ich vermisste, das erhoffte ich mir besonders von der Dunkelheit. Da bin ich heimlich auf dem Weg über den Hof, nach hinten, wie es bei uns heißt. In einem engen Durchgang alles schwarz, langsame Schritte, Arme nach vorn gestreckt, Hände tastend, um mir nicht an Gerätschaften das Gesicht aufzuschlagen. Hier ist die Gartentür, hindurch, genügend Restlicht im Gelände. Ich auf der großen Wiese, still in der Stille, lausche, Augen weit. Setze mich auf einen der kleinen Erdhügel, die Ameisen über Jahre angehäuft haben. Überblicke das Firmament, als wäre ich sein Feldherr. Suche nach Bildern, warte auf Zeichen. Ein Gefühl, als sei die Wirklichkeit nicht entfernt, als gebe es keine Grenzen, Weite hier und jetzt, ich im Zentrum des Raumes, ich bin alles und alles ist möglich, schon lässt die Empfindung nach. Ich setze Einbildungskraft entgegen – vergebens, und der aufkommenden Kälte ist sie ohnehin nicht gewachsen.

Dann größere Veränderungen in der Welt. Der Gasse wurden Lücken geschlagen, die Höfe fransen aus. Asphalt wurde gebräuchlich, die Pfützen haben keine Bleibe. Die Wegweiser sind wegrationalisiert, die Ratten ausgerottet. Keiner verirrt sich mehr, dafür erhoffen sich Außendienstler und Religionsvertreter Interesse. Der Absatz von Rotwein und Lexika bleibt gering, an Höheres glauben wir noch immer nicht. Das Auswandern der Töchter beherrscht den Dorftratsch, gleichauf mit dem Dableiben der Söhne. Hinter dem dritten Tor mutet es idyllisch an. Blumenbeete anstelle des Misthaufens, das nutzlos gewordene Taubenhaus wurde unter Denkmalschutz gestellt. Wir verschönern noch da ein wenig und da und da. Wir versuchen, uns in internationalen Massenwaren heimisch zu fühlen, und das Ausgediente freut sich auf großtechnische Wiederverwertung. Wir warten auf das Ende des Preisanstiegs, Sparsamkeit hält den Improvisationsgeist am Leben. Wir zelebrieren Selbstversorgung, nur das Schlachten kommt aus der Mode. Ich finde nicht mehr die Schmetterlinge vor Glas, sie haben dazugelernt. Wohnhaus und Stallgebäude scheinen mir geschrumpft, auf einem First frönt an lauen Abenden ein Amselhahn dem hypnotischen Thema große Sekunde abwärts – große

Terz aufwärts – große Sekunde abwärts. Bis er sich in Variationen verwirrt. Der frische Westwind ist ins Gerede gekommen, er beweist die Nähe einer neuen Autobahn. Schon bei leichter Brise von Osten kehrt wieder Ruhe ein, und von der modernisierten Chemie sind Gerüche nicht zu befürchten. Penetrant und heiser die alte Dorfsirene, aber für sie hat der rassefreie Bruno Genannte hinter dem dritten Tor kein Ohr. Er gehört zu denen, die vom gewachsenen Sinn fürs Tier profitieren. Seine Sanftmut wird ihm zuweilen angekreidet; er lacht über den Witz, dass bei einem Einbruch im Nachbarort lediglich zwei Wachhunde entwendet wurden. Wenn Bruno ausgehen will, dann macht er ein Geräusch, das ich Pfeifen nennen würde, und es erhebt sich Streit, an wem diesmal die Reihe sei, ihm die Leine zu halten. Seine Artgenossinnen interessieren ihn nur im August, die ohnehin kleineren Konkurrenten gar nicht. Obwohl auf der Promenade zuweilen Andrang herrscht: Seit der deutsche Stadtmensch aufs gelobte Land zieht, sich dort den Wunsch vom eigenen Fertigteilhaus zu erfüllen, wird der deutsche Dorfhund auspaziert.

Da sehe ich Bruno durch die Gärten stolzieren, verspielter Galopp auf mich zu, scheint kollidieren zu wollen, zeigt die Zähne, knurrt, beißt nach der Leine: Betatest, Alpha bin natürlich ich. Federvieh tut gleichgültig, in die halb verwilderten Schafe kommt Bewegung. Im alten Pfarrhaus residiert jetzt ein Bauunternehmer mit Zimmervermietung. Eine Fliegerschar kreist unter breiten Kondensstreifen. Die Weiden und Pflaumenbäume halten sich wacker. Bruno respektlos, ein Geschäft mit demütigem Blick. Dann wird auch die Friedhofmauer beehrt, die Leine verhindert vorerst den Exzess. Vorbei an Kirche und umgebenden Häuschen, denen neue Farbe zusetzt. Bruno zerrt den Damm hinauf, oben gebe ich ihn frei. Auslauf und Ausblick, der Horizont langweilt noch immer. Die Autobahn fräst quer durch, wirft mächtige Wälle auf. Eine schmale Brücke ragt heraus. Aus den Dreckstrichen sind Straßen geworden. Unablässiges Heulen. Ich halte die Ohren zu, blinzle nutzlos. Weite ist fraglicher denn je, und ich bin nicht mehr vierzehn. Kaff liegt unverändert, Kippe befreit, ein Dschungel mit Bunkerruinen. Dann an einem Feldrand Richtung Norden. Mais und Rüben sind selten, Unkraut wird großflächig subventioniert. Der Raps lohnt farblich und riecht schlecht.

Trotzdem schnürt Bruno mit tausend Interessen. Wittert etwas, das mir entgeht. Sieht etwas, das gar nicht da ist. Entfernt sich schnell, mir aus den Augen. Springt manchmal auf, Schwarz im Gelb, um den mit der Leine zu lokalisieren. Sonst sorgt er sich nicht. Wozu auch, wenn es gilt, das Leben zu genießen. Wenn nur die Flöhe nicht wären. Ich erreiche die Anhöhe und den Weg, auf dem Napoleon in den Untergang zog. Wende mich nach Süden, das Dorf liegt fremd und fern, Kinderspielzeug. Zurück also. Bruno stutzt ob der Veränderung, ich winke unnötig, er folgt in großen Bögen ...

Nina Lucia Bußmann
Nachsaison

Als er aufwachte, drang spätes Vormittagslicht durch die weißen Mullvorhänge in den Raum, es war warm, seine Haut feucht verklebt im Gesicht, im Nacken und zwischen den Fingern. Neben ihm war eine zerdrückte Stelle im Stoff, wo sie gelegen hatte. Er griff hinein, tastete nach einem Rest Körperwärme in den Falten des gestärkten Lakens, wo sie gelegen hatte, jetzt fehlte.

Er richtete sich auf und stützte sich auf die Ellbogen, sah sich die Dinge im Raum an, den kleinen Fernseher im Kunststoffgehäuse hinter dem Fußende, darüber an der Wand das Bildnis der Heiligen Jungfrau im pastellrosa Gewand neben einem Kalender aus dünnflattrigem Papier, ein Blatt pro Tag, der Großteil abgerissen, die Tapete dahinter grün, streifig, zur Decke hin nachgedunkelt, gewellt. Das undeutliche Licht weichte die Kanten der Gegenstände auf, sie sahen stumpf aus und verbraucht von der Zeit, der lackierte Rahmen des Bettes, die ineinandergeschobenen Laken und seitlich am Rand der Matratze sein Körper, rücklings, nackt, der Bauch in der Rückenlage flach eingedrückt, dunkel behaart in der Gegend der Hüften und an der Brust. Es roch nach altem Atem und feuchten Wänden. Sie fehlte, die Farbe Rot fehlte, das rote Kleid mit den weißen Punkten, das er am Abend zuvor noch geglättet, über die Stuhllehne gebreitet hatte neben ihrer Seite des Bettes.

Er ballte den Stoff des Lakens zusammen in seiner Faust, drückte und sagte laut, als wolle er nicht einsehen, ihren Namen. Jeanne, sagte er in die Ruhe des Raumes hinein, mehrmals, eher eine Frage, als ein Name, ein Versuch, aber einer mit Angst. Es blieb still.

Er hatte damit gerechnet. Dass sie einmal neben ihm wach abwarten würde, seinen Atem prüfen, die Bewegungen seiner Augen hinter den Lidern beobachten, sich seitlich aus den Laken winden, das Kleid über den Kopf ziehen würde ohne Geräusch. Dass sie die Zigaretten von dem Nachtschränkchen und den

Stoffbeutel vom Haken neben der Tür nehmen, die Schuhe in den Händen nach draußen tragen würde, dass sie die Tür hinter sich zuziehen würde und gehen. Damit hatte er gerechnet. Er stand auf und ging ins Bad, pinkelte, zog an der Kette, wusch sich die Hände, drehte das Wasser ab, blieb stehen.

Dass sie einmal aufstehen würde und gehen, damit hatte er gerechnet, dass sie auf der Straße zwei Blöcke nach Norden liefe bis zu der Kreuzung, wo der Bus hielt. Sie fiele auf, in dem Bus, wo sonst nur alte Männer fuhren in dunklen Anzügen, deren Stoff nach trockenem Schweiß roch und gebratenem Fisch. Man würde Abstand halten von ihr. Man würde es sich merken. Sollte später danach gefragt werden, würde man sich ihr Gesicht gemerkt haben, die Uhrzeit, den Ort.

Leicht wäre ihr Weg zurückzuverfolgen bis zu diesem Punkt, wo er zurückgeblieben war, auf den schmierigen Waschbeckenrand gestützt, die Schultern nach vorn eingezogen, das Gesicht dicht am Spiegel. Er wollte etwas tun, er wollte tun, was er immer tat. Er schraubte die Flasche mit der desinfizierenden Lösung auf, gab die blaue Flüssigkeit tropfenweise in die hohle Hand, rieb und fing über dem Reiben an, sich zu erinnern, wie man es macht, wenn man müde ist, wenn eine Geschichte vorüber ist, unwiderruflich vorüber.

Wie sie gefahren waren, gefahren, bis es dämmerte, und länger, die gerade Straße vor sich, den Weg nach Westen, Berge, trockene Gegend, die Ränder der Straßen rot, steinig, am Schluss endlich Sand und dahinter das Meer, die klare Linie zwischen Globus und Himmel. Das war einfach gewesen, war Atmen gewesen, Atmen und Vergessen, bis zu diesem Punkt, von dem man nur noch zurückkonnte, an der westlichen Kante Europas, wo der Kontinent in Felsbrocken zerfiel, in den Atlantik hinein.

Der Ort war eine Ansammlung kastenförmiger Betonbauten entlang der Straße zur sandigen Bucht, eine Kolonie, von den Siedlern verlassen, weil hier nichts mehr zu holen war. Es gab zwei Bars und eine Diskothek, einen Campingplatz, das Hotel und gegenüber ein kleines Geschäft, in dem man Sonnenmilch kaufen konnte, lose Zwiebeln und Zitronen, Rasierklingen und deutsche Zeitungen, drei Tage nach ihrem Erscheinungsdatum. Das interessierte hier keinen. Es interessierten keinen die Bilder auf der ersten Seite und die Artikel über die vermisste Janina H.

Niemand machte sich die Mühe, sich die Gesichter zu merken, Vergleiche anzustellen, Schlüsse zu ziehen.

Wie sie in das Wasser gerannt war in der sandigen Bucht, in schrägem Winkel zu den in hoher Geschwindigkeit herantreibenden, zu weißem Schaum zusammengedrängten Wellenkämmen, wie sie die Arme nach vorn und den Kopf nach unten gelegt, ihren Körper zu einer kurzen harten Linie gestreckt hatte, von der Gischt geschluckt, zwanzig, höchstens dreißig Schritte vom Strand entfernt.

Es ist verboten zu baden, warnte die deutsche Frau aus dem Hotel und zeigte mit ausgestrecktem Arm zur roten Fahne am oberen Kamm der Dünen. Wind riss am Stoff. Es wird jetzt nicht mehr bewacht, fügte sie hinzu. Sie fischen. Dicht standen ihre Halbschuhfüße vor der Kante des Handtuchs, auf dem er kauerte, in Badehosen, die Arme um die Knie geschlungen. Wo sie ihren Sohn gelassen hatte, fragte er sich, den an einen Rollstuhl gefesselten, schwerstbehinderten Mann. Ob sie ihn in dem Zimmer gelassen, den Schlüssel von außen umgedreht hatte, fragte sich, dass es ihn nichts anging, sagte er sich. Sie sahen gemeinsam auf den Ozean, auf den kleinen dunklen Kopf, der auftauchte, verschwand.

Sie habe keine Angst, sagte Jeanne. Man muss sich flach hinlegen, flach und fest, erklärte sie ihm, dann spielt die Wucht der Wellen keine Rolle mehr, man bietet keine Angriffsfläche. Es war Abend, sie saßen auf den Plastikstühlen der Bar an der Uferpromenade, die Rücken dicht an der unverputzten Betonwand, geschützt vor dem Wind geschützt. Ein Junge mit Pferdeschwanz stellte eine braune Bierflasche auf den Tisch, vor Jeanne ein Glas mit gewundenem Strohhalm in grellfarbiger Flüssigkeit. Der Stoff seines weißen T-Shirts war dünn gewaschen, auf dem Rücken stand *Never Mind*. Am späteren Abend brachte die Besitzerin des kleinen Kaufladens ihm einen zugedeckten Teller. Er aß im Stehen, an die Theke gelehnt, sah auf den Wolkenstreifen am bewölkten Ende des Blicks über dem Horizont, die tiefe Sonne, hellrot, in der Farbe einer frischen Hautschürfung auf Boden aus Teer.

Die deutsche Frau aus dem Hotel schob den Rollstuhl die Uferpromenade entlang. Von Weitem war sie zu sehen in ihrer Wetterjacke aus ultramarinblauem Funktionsmaterial, scharf stechend in den Augen, die sich hier an grobkörnige Abzüge gewöhnt hatten, an die undeutliche Unterscheidung von Wasser und Himmel und das zerkratzte Leuchtschild der Diskothek mit dem Schriftzug *Night Lounge* in Mintgrün und Pink an der oberen Kante des Flachbaus.

Der Mann im Rollstuhl hielt den Kopf zurückgelehnt, die Arme seitlich angewinkelt dicht am Rumpf. In heftigen Zuckungen bewegte er sie vor und zurück. Was er schaue, fragte Jeanne, immerzu, sagte sie, schaue er diese Leute so an. Sie sog am Halm, sog die Reste an Saft zwischen geschmolzenen Eiswürfeln aus dem Glas, ein hässliches Geräusch.

Sie waren vor der Ankunft dieser Frau die einzigen Gäste gewesen in dem Hotel, die einzigen Fremden im Ort. Wir kommen jedes Jahr hierher, hatte sie ihn gleich auf Deutsch angesprochen, morgens, im Speisesaal. Es ist ruhiger jetzt, fügte sie hinzu, das ist der Vorteil, wenn man sich nicht an die Schulferien halten muss. Sie sah an ihm vorbei zu Jeanne, die mit dem Rücken zu ihnen am Buffet stand, nach der Milchkanne griff. Ein Vorteil, pflichtete er bei. Die Arme des Behinderten schnellten in die Höhe, eine Faust traf ihn am Bauch. Mein Sohn, erklärte die Frau, er hat es nicht unter Kontrolle. Jeanne wandte sich um und lachte, hielt mit beiden Händen die Tasse fest, die nackten Ellbogen zu den Seiten gespreizt. Meine Tochter, erklärte er und legte eine Hand an ihren braun gebrannten Arm.

Seinen Namen hatte er der Frau nicht gesagt, nach ihrem nicht gefragt. Er behielt sie im Blick. Wie sie dem Mann einen Löffel zum Mund führte, ihm das Kinn abwischte, auf ihn einredete. Ein erwachsener Mann, Ende dreißig, Anfang vierzig Jahre alt, neunzig Kilo Körpermasse, schätzungsweise, weißhäutig, das Haar millimeterkurz geschoren, drahtgrau, mit gelblich verblichenen Stellen an den Schläfen. Wie diese Frau es bewerkstelligte, fragte er sich, die Pflege, die Versorgung, und er machte halt in seiner Vorstellung vor den Details. Kein Grund zur Beunruhigung, versuchte er zu denken, diese Mutter war keine, die sich Zeit nahm, die Berichte über Vermisste zu lesen, die Bilder anzusehen, Vergleiche anzustellen.

Er hatte Vorkehrungen getroffen. Noch bevor die Bilder in der Zeitung erschienen waren. Er hatte andere Kleider gekauft, ihr das Haar geschnitten, kinnlang, den Pony als gerade Kante zwei

Zentimeter oberhalb der Brauen. Jeanne, hatte er sie da zum ersten Mal genannt, eher eine Frage, als ein Name, weil er mochte, wie es sich anhörte. Sie hatte es auch gemocht. Wohin mit dem Haar, zeigte er auf die dunkel bedeckten Fliesen. Wegwerfen? sagte sie, blieb barfuß, in Höschen und T-Shirt im Türrahmen stehen, während er, kniend, die feucht sich krümmenden Strähnen zusammenklaubte. Jeanne, nannte er sie, am Boden kniend, sprach lauter, geübter, stand auf, griff erneut zur Schere und schnitt seine Nägel, so kurz, dass zwischen Fingerkuppe und Nagelbett kein weißer Rand mehr zu sehen war. Es ging darum, Verletzungen zu vermeiden.

Dabei hatte sie keine Angst. Fass mich an, flüsterte sie, zweimal, mit drei Atemzügen Abstand, wie eine, die es gelernt hat: fass mich an, rücklings auf dem gewaschenen Laken unter ihm, eine kurze harte Linie, die keine Angriffsfläche bot. Er drückte ihre Schenkel weiter auseinander, klappte sie auf, weitete mit zwei Fingern die kleine raue Öffnung, um sich besser hineinschieben zu können, langsam, gegen einen Widerstand, mit angehaltenem Atem, eingezogenem Bauch, den Blick nach vorn gerichtet auf die Tapete, grün, streifig, es war, wie er sich Tauchen vorstellte, mit Druck zwischen den Ohren und hinter der Stirn, stumm, vor den Augen schattig, am Ende ein kurzes Zucken.

Danach lief er zum Waschbecken, rieb die Hände mit desinfizierender Lösung ein, rieb und sah rückwärts durch den Spiegel auf die eingedrückten Stellen im Laken, links und rechts ihrer Hüften, wo er gekniet hatte.

Sie fehlte. Er schraubte die Flasche zu, ging zurück ins Zimmer, öffnete den Koffer, nahm ein Hemd heraus, eine Hose, sah durch den zugezogenen Vorhang zur Straße, wie einer, der wartet, klappte den Koffer zu. Ob sie Geld genommen hatte, bevor sie ging, ob sie es aus dem Fach im unteren Teil des Koffers genommen hatte. Er hatte es ihr nie gezeigt. Sollte sie den Umschlag genommen haben, könnte sie die Busfahrt in die Stadt bezahlen, einen Flug in ein anderes Land. Das war eine Möglichkeit und es war von allen diejenige, die ihm am besten gefiel.

Ihr hatte es auch gefallen. Mit ihm. Wie Atmen, hatte sie gesagt, Atmen und Vergessen, die gerade Straße, der Weg nach Westen, alles andere hinter sich lassen, die Grünpflanze auf der

Fensterbank, die pastellfarbenen Fassaden in der Siedlung, das silberne Handy, die darin gespeicherten Fotos von Jungen mit gefährlichen Tieren auf ihren Kapuzenpullovern. Diese Bilder berührten sie gefühlsmäßig überhaupt nicht. Das hatte sie ihm anvertraut. Längst hatte sie diese Fotos gelöscht. Nur seine Kurznachrichten hatte sie stets im Speicher verwahrt. Es hatte ihr gefallen, mit ihm, und es gab keinen Grund anzunehmen, dass sie etwas tun würde, was sie nicht miteinander abgemacht hatten.

Er knöpfte das Hemd zu, schloss den Gürtel, sah zur Straße, lächerlich, sagte er sich, wenn sie kämen, würde er es hören, so still, wie es hier war. Er kämmte das Stirnhaar seitlich über die kahl gewordenen Stellen, legte es mit Pomade glatt an den Schädel, rückte vor dem Spiegel die Schulterblätter zurecht, den Kopf in den Nacken, den Bauch nach innen, glitt neben der Tür in die Slipper mit den goldenen Schnallen, verließ endlich den Raum, zog die Tür hinter sich zu und ging.

Im Speisesaal war niemand. Er nahm Brotscheiben und eingeschweißte Packungen mit Margarine vom Buffet, goss Kaffee in eine Tasse und trug alles zu einem Tisch im hinteren Teil des Raumes. Dick bestrich er das Brot, tunkte es in den Kaffee, sog an dem aufgeweichten Teig, hielt den Blick bei der offenen Tür. Er aß langsam. Mehrmals tunkte, biss, schluckte er, bevor im Türrahmen die Männer in Uniformen erschienen, zwischen ihnen die Mutter des Behinderten. Sie zeigte zu ihm hin. Er tauchte das Brot in den Kaffee, biss, schluckte, aß es auf in wenigen Bissen, während die Männer sich durch die Länge des Raumes auf ihn zu bewegten. Er tupfte sich die Lippen ab, legte die Serviette neben seinen Teller, stand auf und nahm die Hände auf den Rücken. Zwischen den Polizisten ging er an den gedeckten Tischen entlang, durchmaß den Speisesaal, den leeren Rezeptionsraum, trat nach draußen auf den von der Vormittagssonne hell beschienenen Asphalt.

Die Tür des Polizeiwagens wurde von außen zugeschlagen. Durch die verdunkelten Scheiben sah er zur anderen Straßenseite, sah dort sie stehen, im roten Kleid, hinter dem Rollstuhl. An beiden Griffen hielt sie ihn fest. Neben ihr stand die deutsche Frau aus dem Hotel, eine Hand auf ihrer Schulter. Eine Familie, dachte er, könnte das sein, so nah, wandte sich, indem der Wagen anfuhr, nach ihnen um, hielt den Kopf zurückgewandt zu der kleiner werdenden Gestalt in dem roten Kleid. An beiden Griffen hielt sie ihn fest und schob ihn vor und zurück, nicht schnell, ohne Unterbrechung, wie es eine Mutter tut, wenn sie nicht will, dass ihr Kind zu schlafen aufhört.

Nava Ebrahimi
Die Fahrt

Als mein Vater seine Heimatstadt Arsenjan erreichte, hatte er bereits angefangen zu riechen.

Am Abend, wenige Stunden bevor sich der Transporter in Gang setzen sollte, hatten wir in einem großen Kreis in einem der vielen großen Teheraner Wohnzimmer gesessen. Viele Freunde meines Vaters waren gekommen, ein paar wenige hatte ich irgendwann kennengelernt, manche kannte ich aus Erzählungen, von den meisten aber hatte ich noch nie gehört. Es war still, einige hatten den Blick gesenkt, jeder schien ein anderes Detail im Muster des Perserteppichs zu fixieren. Als ich sagte, dass ich lieber mit meinem Vater im Transporter mitführe, wandten sich die grauen Köpfe in meine Richtung. Nur meine Schwester starrte weiterhin eine Blumenranke auf dem Teppich an. Ich sah in jedes einzelne Gesicht, das, jedes auf seine Weise, dem meines Vaters ähnelte, und wiederholte den Satz.

Wir hatten für meinen Vater keinen Kühlwagen mehr bekommen und auch keinen Platz im Flugzeug. Da alles sehr schnell gehen musste, mieteten wir einen Transporter mit Fahrer. Sie würden Mitternacht losfahren, zwölf Stunden unterwegs sein und gegen Mittag Arsenjan erreichen. Mein Onkel, meine Schwester und ich sollten am Morgen in Teheran ins Flugzeug steigen und etwa zur selben Zeit dort eintreffen. Mir war aber danach, mich in einen Wagen zu setzen, nicht reden zu müssen und Landschaften vorbeiziehen zu sehen.

Mein Onkel versuchte, mich davon abzubringen. Er war zu schwach. So kannte ich ihn nicht. Ich kannte ihn als den General, der er vor Jahrzehnten gewesen ist. Was er sagte stand unerschütterlich im Raum. Er war größer als mein Vater, für iranische Verhältnisse von stattlicher Statur. Selbst als er unsere Großmutter pflegte, wenn er sie auf die Bettpfanne hob, ihre Fußnägel schnitt und sie fütterte, war er der General. Unsere Großmutter nannte ihn so, bis sie starb.

Wenige Stunden später kletterte ich auf den Beifahrersitz des Transporters, neben mir ein fremder Mann, etwas älter als ich, der mir bei der Begrüßung nicht in die Augen gesehen hatte. Und hinten mein Vater. Der Fahrer steuerte den Wagen stumm aus der Millionenstadt Teheran. Die Stadt schien kein Ende zu nehmen. Wir fuhren über Autobahnen, dazwischen aber immer wieder Wohngebiete, Vororte an Vororte, in denen schwarz verschleierte Frauen, die der Fahrer erst im letzten Moment wahrnahm, über Straßen huschten, schwer beladen oder mit Kindern an der Hand. Die Gesichter sah ich nie. Dafür glitten die entrückten Gesichter bärtiger Männer vorbei, meterhoch und farbenfroh auf Häuserfassaden gemalt. Bärtiger Mann vor Tulpenfeld. Bärtiger Mann mit Tauben. Bärtiger Mann mit Kalaschnikow. Die Häuser wurden kleiner, einfacher, schiefer. Mit den Häusern im Norden der Stadt, die an Sahnetorten erinnerten, hatten sie nichts gemeinsam. Wir überholten Kleinfamilien auf Mopeds, vorne der Vater, dann zwei Kinder, hinten die Mutter. Wenn eines der Kinder größer war, saß es manchmal auch hinter der Mutter. Ich überlegte, ob es für »Toter Winkel« ein Wort auf persisch gab. Ich versuchte, die Ortsschilder zu lesen. Ich konnte es nicht. Bis ich mich erinnerte, welchen Buchstabe das erste Zeichen darstellte, lag das Schild schon Kilometer zurück.

Irgendwann dann, nach ungefähr anderthalb Stunden, hatten wir es geschafft, und Teheran war abgeschüttelt. Wir fuhren auf einer langen Straße Richtung Süden. Es ging hoch und runter, und wenn wir gerade oben waren, konnte ich so weit sehen, dass ich keine Vorstellung davon hatte, wie weit es war. Ich hatte auch keine Vorstellung davon, wie hoch die Hügel waren. Sie warfen Schatten, weil der Mond fast voll war und sie beschien. Auf dem Himmel hingen Sterne so dicht wie Weintrauben. Die Landschaft trug die Farben unserer nächsten Winterkollektion. Grau, Blaugrau, Nachtblau, Schwarz.

Der Fahrer sagte kein Wort. Ich fand das gut. Vielleicht hielt er mich für irre, vielleicht fand er mich unheimlich. Er fuhr gut. Er blendete die Scheinwerfer auf, wenn er einen Lkw überholte, und hielt immer genug Abstand. Es beruhigte mich, sein konzentriertes, ernsthaftes Gesicht im Profil zu sehen.

Meinen Vater kannte ich auch aus dieser Perspektive, er hat mich ständig abgeholt und wieder nach Hause gefahren. An die Dinge, die wir dazwischen getan haben, die Spiele, die wir gespielt haben, die Bücher, aus denen er mir vorgelesen hat, erinnere ich mich kaum noch. Mein Vater im Profil, wie er den Gang einlegt, in den Rückspiegel sieht, die Scheibenwischer anstellt. Er konnte schlecht gleichzeitig denken, reden und Auto fahren. Jedes Mal, wenn er die Spur wechseln wollte, unterbrach er seine langen Sätze. Lange Sätze, eindringlich gesprochen, mit Geschichten aus der Vergangenheit, aus seiner Vergangenheit in einem anderen Land in einer anderen Zeit. Ich hörte Geschichten von gefälschten Pässen, Fluchtautos, Geheimdiensten. Das alles, bevor ich das erste Mal einen James Bond-Film gesehen hatte. Nie habe ich Freundinnen von diesen Geschichten erzählt. Aus meinem Mund hätten sie unglaubwürdig geklungen.

Vor einem Jahr änderten sich die Verhältnisse. Ich fuhr, mein Vater betrachtete mich im Profil. Er war in Höhe und Breite geschrumpft, nur die Nase war gleich groß geblieben. Wenn ich ihn aus dem Krankenhaus abholte, saß er immer schon angezogen auf dem Bett, eine dicke schwarze Wollmütze auf dem Kopf. Ich fuhr von Mannheim nach Frankfurt, als sei ich gerade achtzehn geworden und als säße neben mir der staatliche Fahrprüfer. Mein Vater sprach nicht. Sein Blick war für den müden Körper erstaunlich aufmerksam, er folgte dem meinem, folgte jeder meiner Handbewegungen. »Hier ist 80«, sagte er schließlich.

Gegen vier Uhr schlief ich ein. Ich hatte es eigentlich nicht gewollt, ich liebte die Weite, die unseren Transporter umgab, unendlich weit sehen zu können tröstete mich. Dennoch schlief ich ein. Als ich aufwachte, war es hell, der Bus stand und der Fahrer war weg. Wir hatten an einem Lehmhaus in Form eines Schuhkartons gehalten. Der Fahrer trat mit einem Sandwich in der Hand aus der Tür. Als er mich sah, hob er seine Hand und ging wieder hinein. Es war neun Uhr, die Sonne stand für mein Empfinden schon viel zu hoch. Mir war warm und ich musste daran denken, was Wärme im hinteren Teil des Wagens anrichtete. Weil ich auf die Toilette musste, stieg ich aus und ging zum Lehmhaus. Ich hörte den Fahrer erzählen. Als ich eintrat, verstummte er. Er und drei Männer saßen an einem Tisch und starrten mich an. Instinktiv griff ich nach meinem Kopftuch und zog es tiefer in die Stirn. Aber das war es nicht, das Kopftuch und die Haare darunter interessierten nicht. Ich war mir sicher, dass sie sich fragten: Wie kann sie da vorne drin sitzen, seelenruhig, als transportierte sie im Laderaum eine Palette Granatäpfel? Was sie sagten war: Herzliches Beileid. Mehrmals hintereinander, fast wie im Kanon. Die Männer senkten die Blicke. Ich sagte: Danke. Und fragte mich im selben Augenblick, ob man sich für Beileid bedankte. Ich entschied, gegenüber den Fremden vorzugeben, kaum Persisch zu sprechen und sagte nur: Toilette? Einer der drei Männer deutete auf eine Tür auf der anderen Seite des Raumes. Ich bewegte mich unter ihren Blicken durch den Raum und fühlte mich wie eine Außerirdische. Das Klohäuschen stand einige Meter vom Lehmhaus entfernt. Nachdem ich mir die Hände gewaschen hatte, legte ich das Kopftuch ab und machte das Gesicht nass. Es sah klar aus. Die Lippen waren trocken, aber rot und voll. Das Weiß der Augen war weiß. Die Augenbrauen folgten eindeutig einer bestimmten Linie. Als hätte ich zu meiner eigentlichen Form gefunden. Als sei ich jetzt ein fertiger Mensch.

Das Klopfen an der Tür schreckte mich auf. Ich vermutete, dass es die Stimme des Fahrers war, der fragte, ob alles in Ordnung sei. »Wir müssen weiter.«
Er bereitete sich etwa hundert Kilometer darauf vor, mir die nächste Frage zu stellen.
»Weint man in Deutschland nicht?«
»Glaubst du, ich bin Deutschland?«
»Weiß ich nicht. Aber in Iran weint man, wenn jemand stirbt.«
Man weinte nicht, man schrie, schlug um sich und warf sich zu Boden. Man hämmerte sich mit den Fäusten auf die Brust, gegen den Kopf, streckte die Arme in den Himmel. Man klagte,

man zählte Versäumnisse auf, Wünsche, die auf ewig unerfüllt blieben, Erinnerungen, die die Hinterbliebenen bis zum eigenen Ende begleiten würden. Das alles verschmolz zu einem elegischen Singsang, Oberkörper in schwarzer Umhüllung wiegten sich dazu vor und zurück. Vor, zurück, stunden-, tagelang. Die Trauernden trauerten sich in Trance. Wenn sie sich schließlich erschöpft an eine Wand lehnten oder sich auf einem Perserteppich ausstreckten, dann waren sie glücklich – irgendwie.

»In Deutschland ist man anders traurig.«
»Wie denn?«
»Stiller. Jeder mehr für sich.«
»Aber wenn jeder mehr für sich ist, wieso soll man dann überhaupt traurig sein, wenn jemand stirbt?« Er schien gespannt auf die Antwort.
»So schwarz-weiß ist es nicht«, sagte ich und blickte aus dem Fenster. Die Landschaft hatte sich verändert. Sie blieb hügelig, aber von Trockenheit geprägt. Eine Farbe, die des Sandsteins, beherrschte das Bild. Hier wuchs nur noch Gestrüpp.

Hätte mein Vater das Gespräch vorne in der Fahrerkabine verfolgen können, hätte er sicherlich mit den Stöckchen angefangen. Wenn wir im Wald spazieren gingen, sammelte er Stöckchen. Er nahm eins in die Hand und zerbrach es. Dann nahm er ein Bündel Stöckchen und versuchte dasselbe. Es ging nicht. Ich sollte es auch probieren. Ich konnte es auch nicht. »Siehst du«, sagte er, »einer allein ist schnell kleinzukriegen. Aber Familie und Freunde, die zusammenhalten, nicht.« Immer und immer wieder zeigte er mir das. Ich tat jedes Mal erstaunt. Es war nicht so, dass das Experiment mich nicht überzeugt hätte. Aber wenn ich das Bündel und dann das einzelne Stöckchen in seiner Hand sah, dann bestand für mich kein Zweifel, dass ich das einzelne Stöckchen war. Auch nachdem er es durchgebrochen hatte nicht. Gesagt habe ich es ihm nie. Ich schätze, er spürte es.

Je mehr wir uns Arsenjan näherten, desto unruhiger wurde ich. Ich wollte nicht ankommen. Ankommen fand ich schon immer traurig. Ich erkannte die ersten Granatapfelplantagen. An den kleinen, eher schwächlich wirkenden Bäumen hingen große rote Granatäpfel wie Lampions, so dass sich die Äste bogen. Ich habe meinen Vater nie dabei gesehen, wie er durch die Plantagen schlendert. Ich stellte mir vor, wie es gewesen wäre, wenn er einen Granatapfel gepflückt, ihn aufgeschnitten und mir gereicht hätte. Ich habe ihn auch nie dabei gesehen, wie er am Wasserbecken im Garten seiner Schwester sitzt und über Politik diskutiert oder Bekannte auf der Straße grüßt. Ich habe ihn immer nur als Fremden gekannt.

Wir fuhren in den Ort hinein. Der Fahrer steuerte den Friedhof an. An der Einfahrt hatte sich eine große Menschenmenge versammelt. Wir kamen nicht durch. Der Fahrer hielt und sah mich an. Ich sah auf die Masse verhüllter Frauen, die den Transporter umringten und lauthals die Unergründlichkeit von Gottes Wegen beklagten. Ich öffnete die Tür. Hände griffen nach mir, zogen mich heran, Frauen küssten mich auf die Stirn, drückten mich an Brüste. Ich erkannte keines der feuchten Gesichter. Die Augen waren zu Schlitzen zusammengezogen, die Münder aufgerissen. Ich ließ es geschehen und trieb in einem schwarzen Meer aus Stoff zum Friedhof.

Tina Ilse Gintrowski
Planet Pony

»*something in the way, mmm,
something in the way, yeah, mmm*«

»Also, wir hingen da immer so rum, auf der Veranda dieser Ranch. Tag für Tag, meistens bei Sonne, manchmal bei Regen, Graupelschauern, Hagel und was es sonst noch so für Wetter gab in diesem Frühjahr, ihr wisst schon. In erster Linie Svenzo Mozzone und ich, das Pony genannt, er links von der Kommode, ich rechts, zwischen uns leere Bierdosen, volle Bierdosen, Streichhölzer, halb gerauchte Joints, Tablettenschachteln und lauter so Zeug. Und dann war da noch Kitten, der gestreifte Killerkater, der ab und zu vorbeikam, Hey Kitten, Miaumiau sagte ich, wenn ich ihn von Weitem sah, er sagte dann ebenfalls Miaumiau, und bimmelte dazu mit dieser behämmerten Glocke, die ihm irgendein Holzkopf um den Hals gehängt hatte, jaja, wegen der Singvögel usw., schon klar, tat mir trotzdem leid, das arme Vieh, war ja Essig so mit frei und wild sein, jagen und dem ganzen Quatsch. Na ja, jedenfalls kam er dann meistens rübergelatscht und ich kraulte ihn zum Trost 'ne Runde, fand er ganz gut, glaube ich. Sonst passierte nicht viel, und geredet wurde auch kaum, also abgesehen von meinen Gesprächen mit Kitten, Svenzo Mozzone hatte fast nie Bock, den Mund aufzumachen, außer um Rauch rein- und rauszulassen, und ab und an 'nen Schluck zitronengelbes Bier, war aber okay, ich hatte ja selber wenig zu erzählen. Junge, es war aber auch verdammt heiß, meistens, wenn's nicht gerade zur Abwechslung mal hagelte oder regnete oder so, viel zu heiß für irgendwas, außer rumhängen und rauchen, wie gesagt. Seinen viel zu großen Cowboyhut nahm Svenzo trotzdem nie ab, auch wenn ihm der Schweiß übers Gesicht lief, und sein Gehirn bestimmt beinah verkochte, scheißegal, keine Ahnung, warum, vielleicht einfach aus Trägheit, oder weil er falsch eingestellt war, oder einfach weil er's cool fand, war mir eigentlich auch schnuppe, sah jedenfalls nicht schlecht aus, die Schüssel, und ich hatte sowieso genug eigene Sorgen. Mein größtes Problem war zu der Zeit schon der Fuchs und die Frage, wie ich das verdammte Vieh wiederbeleben sollte, also ich rede von dem, der in meinem Körper steckte, mit mir gemeinsam, gewissermaßen, wenn ihr versteht, was ich sagen will. Ich meine, jeder ist ja wohl irgendwie mal Fuchs gewesen, oder hat irgendwo einen in sich, aber bei mir ist da irgendwann vor Jahren wohl mal was verdammt schiefgelaufen, ich hatte meinen ab 'nem bestimmten Zeitpunkt plötzlich total vergessen, d. h. nicht mehr ordentlich gefüttert, nicht daran gedacht, ihn ab und zu frei zu lassen usw., und das war ihm echt nicht gut bekommen, und jetzt hatte ich den Salat. Die Körperteile, in denen er festsaß, also, meine Beine, um genau zu sein, schliefen ständig ein oder starben ab, und ich war dauernd damit beschäftigt, sie zu suchen, und dann aufzuwecken, und zu beatmen und so, verdammt anstrengend, das Ganze, und wenn sie, also der Fuchs, wieder wach waren, fingen sie gleich an, rumzuzappeln wie bescheuert, um sich zu treten, und Sachen wegzukicken, war echt nicht leicht, bei dem Gehampel ruhig sitzen zu bleiben, aber rumlaufen ging ja auch nicht, weil wo hätte ich denn groß hingehen sollen. Also war abwechselnd in die Füße atmen, Beine kneten, Beine festhalten, runtergefallene Dosen wieder auf die Kommode stellen usw. angesagt, nahm verdammt viel Zeit in Anspruch, ziemlich zermürbend, vor allem bei der ständigen Hitze, und nebenbei versuchte ich ja auch immer noch an der Methode, also an meiner Vorgehensweise, zu feilen, denn dass das so nicht das Wahre sein konnte, war ja offensichtlich, aber irgendwie hatte ich keine schlauen Ideen, und Svenzo Mozzone konnte ich schlecht um Rat bitten, der war mit sich selber beschäftigt, und hätte das alles auch wohl kaum kapiert, so auf die Schnelle, und ewig rumerklären wäre sowieso viel zu anstrengend gewesen. Und dann waren da noch diese ständigen Filmsequenzen, also eigentlich nur eine, die in meinem Kopf, auf der Innenseite meiner Augenlider, sozusagen, vor meinen Pupillen, ewig die alten Bilder, und da, wo bei geöffneten Augen eigentlich nur weites, leeres Land und ein Strich Horizont, und bei geschlossenen nur Nacht hätte sein sollen, sah ich dann von einem Moment auf den anderen plötzlich meinen Bruder, immer wieder, wie er sich mit der rechten Hand an die Hüfte greift, in Zeitlupe, und die Knarre zieht, immer wieder, und sie auf meinen Kopf richtet, und genau zielt, und den Abzug drückt, und aber nichts passiert, weil sie nicht geladen ist, und sein Blick dann. Ich hatte die Stopptaste noch nicht gefunden, die Szene lief immer ganz durch, irgendetwas schaltete sie so alle ein, zwei Stunden ein, und dann lief sie halt einmal komplett ab, von Anfang bis Ende, da konnte ich zwinkern und blinzeln und mir die Augen reiben, wie ich wollte. Es war immer nur diese eine verdammte Szene, nichts davor, nichts danach, keine Ahnung, wie der Rest vom Film aussah, in meinem Kopf stand er zu der Zeit nicht mit auf dem Programm. Na, irgendwann war's ja immer vorbei, und zur Beruhigung schnitzte ich danach meistens ein bisschen rum, an meinem linken Arm, in der Regel, ich hatte mir überlegt, ›I survived‹ in den Unterarm zu schneiden und dann Tinte reinzugießen, weils ja wahr war, und auch cooler noch als 'ne Tätowierung eigentlich, bloß blöderweise war ich nach einer dieser Vorstellungen so verpeilt, dass ich statt dem ›v‹, was eigentlich dran gewesen wäre, ein ›f‹ geschnitzt hatte, so dass jetzt ›I surf‹ auf dem verdammten Arm stand, der totale Schwachsinn also, wenn man bedenkt, wie weit das Meer entfernt und was für eine Niete ich in Sachen Gleichgewicht war. Na ja, hab's dann trotzdem so gelassen, blieb mir ja nicht viel anderes übrig, konnte mir ja schlecht den halben Arm wegschälen, hab dann einfach angefangen, das Ganze mit möglichst viel Wellen zu verzieren. Svenzo hat die Schnitzerei nicht gestört, und die Bilder konnte er ja eh nicht sehen, wahrscheinlich, ich weiß gar nicht, ob er das alles überhaupt mitgekriegt hat, obwohl doch, ja, zumindest einmal schon, da hat er mir sein kariertes Taschentuch rübergereicht, als ich ein bisschen abgerutscht war, und zu sehr auf die Kommode tropfte, und alles schon ganz eingesaut hatte. Na ja, wie gesagt, wir saßen da so rum, jeden Tag, Svenzo und ich, das Pony, rechts und links von der Kommode, mit dem ganzen Zeug drauf, und dem Blut, und beschäftigten uns mit diesem und jenem, nichts Großes, und dieses und jenes beschäftigte mich, hab ich ja eben erzählt. Ab und an gab's inmitten der ganzen Hitze halt mal 'nen Schauer oder so was, manchmal mit Regenbogen, das heiterte mich dann etwas auf, auch wenn ich die ganze Archengeschichte nicht mehr wirklich auf dem Schirm hatte, jedenfalls irgendwas mit Hoffnung war's, und das konnte ja nicht verkehrt sein, und davon abgesehen konnte ich auch wunderbar an diese andere Story, die mit dem Goldtopf, glauben, weil ich ja sowieso nicht aufstand, um nachzusehen, und eh nichts hätte anfangen können mit so viel Gold, dort auf der Ranch. Ab und an kam auch mal die Mirabelle vorbeigehüpft, die lungerte da ebenfalls immer rum, irgendwo in der Nähe, aber meistens nicht bei uns auf der Veranda, vielleicht im Keller, im Sanitätsraum, oder weiß Gott wo, irgendwo, wo es kühler war, wahrscheinlich, na jedenfalls bekamen wir sie nicht allzu oft zu Gesicht, aber wenn, dann war's erheiternd, weil sie immer so rot und so gut drauf war und ganz viel plapperte und lauter Zeug erzählte, dem man nicht folgen konnte, was aber schön klang, irgendwie wie Wasser, wie so 'ne Quelle, die manchmal plötzlich aus dem Boden schießt, nur ganz kurz, und dann schnell wieder versiegt, also im Fall der Mirabelle schnell wieder weghüpft, aber hinterher ist es für eine Weile irgendwie etwas weniger trocken und bisschen weniger ruhig als vorher, schön war das, ich konnte sie gut leiden, die Mirabelle, crazy war die, irgendwie, aber Rat suchen, also wegen dem Fuchs, und der Filme, konnte ich bei ihr auch nicht, weil ich, selbst wenn ich mich angestrengt hätte, wahrscheinlich gar nicht zu Wort gekommen wäre, und die Momente auch sowieso viel zu kurz gewesen wären, um so komplizierte Sachen in die rote Sprudelbirne der Mirabelle zu kriegen, vermutlich. Die Beratungssituation war also nicht so ideal, ehrlich gesagt, weil mich beschäftigte der ganze Kack ja doch, und ich kam irgendwie nicht weiter damit, na irgendwann hatte ich mal den Einfall, wegen der Fuchssache Kitten zu fragen, ist ja auch ein Tier, dachte ich, vielleicht checkt der das, und hab ihn dann auch gefragt, und er wollte auch antworten, nur blöderweise fiel Svenzo Mozzone genau in dem Moment seine verfluchte Bierdose aus der Hand, was Kitten dazu bewegt hat, sofort abzuhauen, und eh ich's noch bedauern konnte, gucke ich hoch und sehe, warum Svenzo die dämliche Dose aus der Hand gefallen ist, weil der Sheriff direkt vor uns steht, nämlich, und ziemlich streng zu uns runterblickt, während wir ziemlich verstört zu ihr hochlinsen, und weil sie, also der Sheriff, sowohl mein (unterbrochenes!) Gespräch mit Kitten als auch meinen mal wieder auskeilenden Fuchs mitgekriegt hat, und die umgefallenen Dosen, die Kippen und den ganzen Mist da inmitten der Zitronenlimonade und der angekrusteten Blutpfützen rumliegen sieht, fragt sie gleich Herr Siebel Frau von Günthershofen Ist alles in Ordnung sind Sie suizidal sind Sie noch absprachefähig, und obwohl ich schnell Ja Nein Ja Frau Doktor antworte, überzeugt sie das offensichtlich weniger als Mozzones Schweigen, weil sie mich sofort verlegen lässt, ja und das war's dann erstmal mit der Veranda und allem, denn dann durfte ich mein Gegrübel in so 'ner Art Kittchen fortsetzen, vor 'nem Fenster, das man nicht mal öffnen konnte, und rausgucken lohnte sich auch nicht, weil nur 'ne Wand zu sehen war, und ehrlich gesagt hab ich dann erstmal nicht mehr so richtig geglaubt, noch auf 'nen grünen Zweig zu kommen mit meiner Erkenntnisforscherei, so ganz ohne Ranch und Svenzo Mozzone und Kater und die Mirabelle und den ganzen Rotz, na ja.

Ein paar Tage saß ich dann auch dort einfach so rum, am verschlossenen Fenster, ohne Aussicht, und versuchte so zu tun, als wenn nichts anders wäre, als wäre ich noch auf der Ranch, aber das funktionierte nicht, war das falsche Setting, kein Mozzone neben mir, keine Kommode, stattdessen zwei schnarchende oder herumschlurfende Typen, einer der Klassiker, also Jesus, einer K. K. Downing, na ja, keine tolle Stimmung, könnt ihr euch ja vorstellen, und dann immer wieder irgendeine Lady in weiß, so ungefähr viermal am Tag, dreimal zur Tavorverteilung, einmal mit der Frage nach Gesprächsbedarf, was wohl eher rhethorisch gemeint war, und ich zählte ständig meine Finger, und meine Zehen, und die Heizungsstreben, und die Lamellen der Jalousie, und immer öfter lief der Film vor meinen Augen ab, mein Bruder usw., hab ich ja erzählt, kennt ihr ja, die Sequenz, und mein Schnitzmesser hatte ich nicht mehr, und meine Beine drehten langsam völlig durch, nur noch Gezucke und Gezappel, von morgens bis abends, und nachdem meine alten Atemmethoden gar nichts mehr brachten, und ich stattdessen ein paar Kopfstände gemacht hatte, und ein paarmal vor dem Bett hin- und hergelaufen war, und mir das aber auch zu blöd wurde, fiel mir gar nichts mehr ein, also begann ich zu tanzen. Verdammt wenig Platz war da, so zwischen drei Betten, Nachttischen und Kleiderschränken, und verdammt wenig Ungestörtheit, war ja nicht so wie mit Mozzone, die waren ja nicht cool, meine neuen Kollegen, immer gleich voll irritiert, ging also nur, wenn sie sich gerade mal woanders rumtrieben, und an Tagen, an denen sie nur im Bett lagen, also eigentlich an fast allen Tagen, ging ich dann halt ins Bad, und tanzte dort, noch beengter, aber was soll's, sagte ich mir, warum nicht auch im Bad, gibt's wenigstens Wasser, da macht sogar meine Armbeschriftung schon fast wieder Sinn. Na ja, trotzdem strange, klar, schon peinlich, die Tanzerei, aber mich konnte ja keiner sehen, Gott sei Dank, und auch die Geräusche waren kein Problem, also das ganze Stampfen, und Takt trommeln und so, und der laute Atem, zumindest nicht mehr, seitdem einmal die Tavorlady vom Dienst geklopft hatte, und gefragt hatte, ob alles in Ordnung wär, und ich Jaja, ich tanze gesagt hatte, ganz easy dann, die sind Schlimmeres gewöhnt, war also ok, ich zog mein Ding durch. Am Anfang war's immer der Fuchs, nur der Fuchs, der da in mir rumtanzte und zappelte, und ich guckte mir das Ganze einen Moment an, na und dann begann ich mitzutanzen, und zu zappeln, und mit der Zeit waren wir's dann beide zusammen, die da tanzten, in mir, und irgendwann waren's nur noch meine Beine alleine, weil der Fuchs gegangen war, weil er keinen Bock mehr hatte, und sich ausruhte, und hingelegt hatte, oder einfach mal alleine sein wollte, oder so, aber ich tanzte immer weiter, immer weiter, mit den Beinen, die nur mir gehörten, und dann kam eines Tages auch der Fuchs wieder, aber auf seinen eigenen vier Beinen, und tanzte mit mir, im Kreis, und wir drehten uns, im Kreis, immer schneller, immer schneller, und ich legte den Kopf in den Nacken, und sah die Zimmerecken vorbeirasen, und dann sah ich Nebel, irgendwann, und bunte Kreise, und Schemen, und Schatten, die langsam Konturen bekamen, und sich aufhellten, und dann wieder die alte Filmsequenz, zuerst, ja und in der nächsten Szene dann ich, wie ich langsam an meine rechte Hüfte greife, und die Knarre ziehe, und sie auf meinen Bruder richte, und genau auf sein Herz ziele, und abdrücke, und sein Blick, kurz bevor er bricht.«

Djawad Hossaini

An einem Ferientag

Der Lehrer verteilt Handgranaten. Aus grünem Plastik. Mit einem Schlitz darauf. Er hätte sie gerne nach den Ferien zurück. Gefüllt mit unserem Taschengeld. So als kleiner Beitrag zum Krieg. Wir überlegen, was wir alles hätten mit dem Geld anstellen können. Modji sagt: »Ich werde das Ding mindestens zur Hälfte mit Steinen füllen.«

Auf dem Weg nach Hause müssen wir immer an der Ambulanz vorbei. Heute ist viel los. Viele Krankenwagen. Am Vormittag hatten die Sirenen gesungen. Ununterbrochen. Ein Mann liegt auf einer Trage vor der Tür. Übel zugerichtet. Ich drehe den Kopf weg. Aus Reflex. Modji sagt: »Schisser.«

Er guckt nie weg. Nicht, dass er keine Reflexe hätte. Man kann ihn irgendwo runterschubsen, und er wird immer auf den Füßen landen wie eine Katze. Aber so etwas löst bei ihm keinen Reflex aus. Ich denke, er hat einen Schaden. Er sagt, er sei abgehärtet.

Sobald es dunkel wird, schleiche ich mich aus dem Haus und fahre mit dem Fahrrad zum Eingangstor des Krankenhauses. Modji ist schon da. Ein kurzes Kopfnicken. Ich fahre wieder los. Die Straße wird schmaler. Das Krankenhaus entfernt sich, ein Haufen leuchtender Punkte. Ich trete etwas kräftiger in die Pedale. Höre meinen schneller werdenden Atem. Das Klappern des Fahrrads auf der löcherigen Straße. Das Licht einer Glühbirne flackert über der Eingangstür des Leichenhauses. Ich bin gleich da. Ich lasse das Fahrrad fallen. Renne die vier oder fünf Treppen hoch. Ritze mit einem Schlüssel meinen Namen in die Gipswand, während die riesigen Kühlschränke in der Leichenhalle mich durch das Glas der Tür anstarren. Ich springe die Treppen runter. Steige auf das Fahrrad. Fahre so schnell, wie ich nur kann. Sobald die Umrisse des Krankenhauses auftauchen, werde ich etwas langsamer. Ich will nicht außer Atem sein, wenn ich ankomme. Modji wartet noch an der Pforte.

Wenn Modji schlechte Phasen hat, nervt er einen mit Mutproben. Die schlechten Tage hat er wegen seines älteren Bruders. Es war ein Blindgänger, der ihn pulverisierte. Modji redet nicht darüber. In seinen guten Phasen sitzen wir rum, und ich muss die Geschichte des Mädchens mit den grünen Augen erzählen. Bekannte meiner Eltern hatten eine Tochter mit grünen Augen. Einmal bin ich mit ihnen weggefahren. Die Tochter und ich saßen hinten im Auto. Sie spielte die ganze Zeit mit meiner Hand. Seitdem muss ich Modji immer wieder erklären, wie es war:

»Es war wie, wenn du etwas Warmes und Weiches in der Hand hältst. Und wenn sie ihre Finger bewegte, dann prickelte es auf der Haut.«

Modji hat immer irgendwelche Fragen:

»War das Prickeln so, wie wenn du irgendwo runterspringen willst?«

»Nein, da ist es eher im Innern. Im Bauch und so. Bei ihr war es eher auf der Haut.«

Er hat auch immer irgendwelche Einwände:

»Gestern hast du noch gesagt, es wäre im Innern.«

Und ich muss mir Erklärungen ausdenken:

»Beim Runterspringen ist es eher in den Gedärmen. So, wie wenn du plötzlich Durchfall hast und aufs Klo musst. Bei ihr war es im Magen. So, wie wenn du die Antwort auf 'ne Frage kennst und hoffst, dass der Lehrer dich drannimmt.«

Eine neue Ärztefamilie zieht ins Krankenhaus. In einer von Modjis guten Phasen. Die Familie hat eine Tochter. Eine Weile beobachten wir sie unauffällig aus der Ferne, wie Tiere einen Neuankömmling mustern. Sie sitzt oft auf den Haustreppen und liest. Wir spielen Fußball, wo sie uns sehen kann. Und so laut, dass sie uns nicht überhören kann. Endlich schießen wir den Ball in ihre Richtung. Sie heißt Rodjan. Ihr Vater ist Chirurg und wurde wie die anderen Ärzte für einige Zeit hierher versetzt. Sie wohnt zum ersten Mal in einem Krankenhaus.

Seit Rodjan hier ist, hängen Modji und ich nicht mehr um das Haus der Krankenschwestern rum. Wir sind damit beschäftigt, Rodjan die Gegend zu zeigen. Wir nehmen sie überallhin mit. Zu unserem Versteck zwischen ein paar Bäumen und zu den

Flüchtlingen aus dem Süden. Einige sind auch in unserer Schule einquartiert. In den Klassenzimmern. Manche sagen, sie klauen, und man soll nicht mit ihnen rumhängen. Modji und ich sind aber oft bei ihnen. Ammeh-djan erzählt uns Geschichten. Sie kennt so viele, wie sie Falten im Gesicht hat. Außerdem hat sie niemanden mehr, und ich besorge ihr das Brot. In der Schlange vor der Bäckerei gibt es oft Streit, weil sich immer jemand vordrängelt. Dort lerne ich die neuesten Schimpfwörter. Einmal prügelte ich mich mit einem Jungen, der sich vorgedrängelt hatte. Er holte dann seinen älteren Bruder, der mir in den Bauch boxte. Seitdem halte ich mich zurück. Auf dem Weg nach Hause knabbere ich an dem Brot. So vergeht die Zeit schneller. An einem der Tage sehe ich auf dem Rückweg an einer Straßenkreuzung eine Herde Menschen. Ein Mann steht auf dem Dach eines Pick-up-Wagens. Ein schwarzer Sack verdeckt seinen Kopf. Ein dickes Seil hängt von einem Baumast runter und schlingt sich um seinen Hals. Seine Hände sind auf seinen Rücken gebunden. Das Auto fährt los. Der gesichtslose Mann zappelt und zuckt eine Weile wie ein aus dem Wasser gezogener Fisch. Die Menschen werfen ihm Münzen zu. Das Geld für sein Grabtuch, erklärt mir später Ammeh-djan und sagt: »Du sollst dir so was nicht anschauen.« Ich sage: »Ich bin abgehärtet.« Sie sagt: »Du bist doch kein Lehm, der härten muss.«

Ich frage Ammeh-djan, was sie froh gemacht hat, als sie jung war. Sie sagt: »Geschenke zum Neujahr.« Ich nehme meine Schleuder. Die Sonne sticht in die Augen. Ein paar Zentimeter gedehnter Gummi. Ein paar Zentimeter Widerstand, den ich im Zittern meiner Hände spüre. Ich lasse los. Er fällt wie ein Stein. Liegt auf dem Bauch. Mit offenem Schnabel. Mit gespreizten Flügeln. Wir werfen eine Münze. Ich muss ihn köpfen. Modji muss die Federn abrupfen und den Bauch leer machen. Sein Herz schlägt gegen meine Handfläche. Wahnsinnig schnell. Es macht mich fast verrückt. Ich drehe den Kopf und ziehe ihn ab. Modji schneidet den Bauch auf, während ich Feuer mache. Gegrillt ist der Spatz nur einen Daumen groß. Wir packen ihn auf einen Teller und gehen zu Rodjan. Sie freut sich nicht, sondern fängt an zu weinen. Wir sollen bitte keine Spatzen mehr schießen. Ich werfe die Schleuder hinter die Krankenhausmauer.

Neben unseren Wohnungen gibt es eine tote Baustelle: Eine Grube und aufgetürmte Blockziegel bis zum Himmel. In dem Labyrinth von Blockziegeltürmen gebären Katzenmütter ihre Babys. In den engen Gängen, wo die Luft dumpf und kühl ist. Wir laufen dauernd in Spinnennetze rein. Endlich finden wir zwei Katzenbabys. Eins nehmen wir Rodjan mit. Wir sagen, wir hätten es in der Grube gefunden. Diesmal nimmt sie das Geschenk an und will es großziehen.

Eine Weile versuche ich, Rodjan allein zu sehen. Ohne Erfolg. Modji hat anscheinend das Gleiche im Kopf. Er ist die ganze Zeit draußen und schießt den Ball gegen die Hauswand. Er kriegt endlich einen Sonnenstich und ein paar Tage Hausarrest. Rodjan und ich besuchen ihn. Danach sitzen wir auf der Treppe und streicheln das Katzenbaby. Rodjan fährt mit ihrer Hand über meinen Kopf und sagt: »Du hast einen Stachelkopf.« Ich sage: »Wenn die Schule vorbei ist, werde ich mir die Haare nie wieder abrasieren lassen.« Ich laufe nach Hause und hole ein altes Foto von mir. Sie sagt: »Mit Haaren siehst du besser aus.« Nachts liege ich im Bett und fahre mit der Hand über meinen Kopf. Die Haare piksen in meine Handfläche. Vater sagt: »Haare wachsen einen Zentimeter pro Monat.« Bis zum Ende der Ferien wären es zweieinhalb Zentimeter.

Am nächsten Tag fragt Rodjan, was ich werden will.
Ich sage: »Arzt.«
»Hast du denn keine Angst vor dem Blut?«
»Nein, ich war schon mal mit Vater im OP-Saal.«
»Wie hast du das denn hingekriegt?«
»Ich hab so lange genervt, bis Vater mich einmal mitgenommen hat.«
»Und warum?«
»Ich wollte mal sehen, was Ärzte so machen.« Dabei war es eine von Modjis Mutproben gewesen. Ich wollte ihm zeigen, dass ich keine Angst hatte.
»Sag mal, Rodjan, weißt du, wie Babys geboren werden?«
»Nein, weißt du es?«
»Man schneidet den Bauch auf. Holt das Baby raus. Hält es an den Füßen und schlägt so lange auf seinen Rücken, bis es weint.«

Rodjan findet es schrecklich und will keine Babys haben. Ich sage nicht, dass mir dabei schlecht geworden ist.

Vater brachte mich raus und setzte mich auf einen Stuhl. Ausgerechnet auf einen wackligen. Ich sitze ungern auf wackligen Stühlen. Einmal saß ich in der Klasse auf so einem Stuhl. Ich konnte nicht aufhören, mit dem Stuhl hin und her zu wackeln. Ich will immer wissen, woran es liegt. An dem Stuhl oder am Boden. Der Lehrer setzte mich in die Ecke. Direkt neben den Heizofen. Ich schwitzte wie blöd, während Modji und der Rest der Klasse froren. Draußen lag der Schnee. In der Pause holte ich mir eine Lungenentzündung. Seitdem darf ich im Winter während der Pausen im Klassenzimmer bleiben. Ich male mit der Kreide Sachen auf Modjis Stuhl. Manchmal setzt er sich darauf.

Hinter der Ambulanz gibt es entsorgte Krankenbetten. Bei manchen ist die Federung noch in Ordnung. Ich gehe mit Rodjan hin. Wir steigen auf ein Bett, hüpfen darauf rum und halten uns dabei die Hände. Ich erzähle Modji nie, wie es war.

An einem Abend sitzen wir zu dritt auf der Treppe vor Rodjans Haus. In der Stadt fangen die Sirenen an zu singen. Rodjan sagt: »Mein Papa wird in ein anderes Krankenhaus versetzt, wo es zu wenige Chirurgen gibt.« Ich verspreche, auf ihre Katze aufzupassen. Modji und ich fahren am nächsten Tag zum Wasserturm und klettern ihn hoch. Da oben ist es windiger als unten. Der Wind rauscht in meinen Ohren. Er drückt mich nach hinten. Ich schaue runter. Meine Hände umklammern fest das Gitter. Meine Knie zittern. Ich denke, ich werde nie wieder runterklettern können.

An dem Tag, als Rodjan wegfährt, haben Modji und ich keine Lust zu reden. Wir laufen auf der Krankenhausmauer entlang des Stacheldrahts um die Wette. Ich bleibe mit der Hose hängen, und Modji gewinnt. Danach fahren wir zum Friedhof der Krankenwagen. Wir suchen den aus, der am wenigsten verdreckt ist. Modji setzt sich ans Steuer. Er sitzt immer am Steuer. Ich sitze hinten neben der Trage und versuche, einem imaginären Patienten das Leben zu retten, während Modji ins Krankenhaus rast. Der Patient stirbt. Wir schweigen wieder. Ich setze mich neben Modji und starre auf das Schattenspiel der Baumblätter auf der

Motorhaube. Später gehen wir zu der Baustelle. Wir laufen um die Grube herum und suchen die tiefste Stelle. Es prickelt in den Gedärmen. Wir springen runter.

Im nächsten Sommer gibt es Kampfboote. Aus grünem Plastik. Mit einem Schlitz darauf. Wenn Modji noch da wäre, würde er sagen: »Ich werde das Ding mindestens zur Hälfte mit Steinen füllen.« Ich gebe es nie ab. Am 20. August 1988 ist der Krieg zu Ende. Nach acht Jahren. An einem Ferientag. Ich schneide das Kampfboot auf. Mit dem Geld kaufe ich eine Handvoll der Kaugummis, die Modji und ich immer gekauft hatten. Kaugummis, eingerollt in Sticker von Fußballspielern.

Am ersten Schultag stehen wir wie immer in Reihen auf dem Hof. Nach Klassen geordnet. Unsere kahl geschorenen Köpfe schimmern im Sonnenlicht. Wir singen die iranische Nationalhymne, und danach wird nicht mehr »Nieder mit Saddam« gebrüllt.

Timo Kröner

hirnregionenabtasttage

entgängig

die koffer stehen bepackt
im gang nur das nötigste
voll verschnürt schwer

leere schränke ihr gähnen
erfüllt karge wände raum
entzogen still bewohnt

so als wäre sie

jetzt noch im aufbruch
begriffen oder schon
wieder wo eingekehrt

stets bereit schuhe pass
die jacke am arm ein gestern
gewicht an brüchiger schnur.

hirnregionenabtasttage

café mitte vom großen neunzehntesjahrhundertraum
kuppelglas sofas ikea blauer kinderlärm tassen tablett
gedankengräberstimmung hier ein wort gemurmel da
hirnwindungsdurchforstung geschichtenfunderlebnis
*hey neulich war ich hab ich schon erzählt dass die da
ja und der dort hatte auch schon was mit der da jener
die gerade an der theke bier holt du was macht denn*

der am schreibtisch stimmungsweilen grübelt
ladenblick laufsteg verkaufsraum ist lebenslust
telefon handy mailklingeln wortaustauschgier
ersatzgefühlsgenerator erinnerung warme schoki
ihr duft in der nase vermischt sich blick mit bild
schirmen leiber flackern in pseudoekstasen schale
momente besetzen den hirnraum verdräng sie

mit wein whiskey gras pillenschwangerer leertag vertan
synapsenvernichtung hirnzellenzersetzer gedankenblut
strömt aus der nase den ohren im schädel ein loch hand
gebohrt auf der suche nach traurigkeitsfeldern im hirn
der finger gefährlich fett dringt er zum mandelkern vor
schaltet ihn aus gefühlsweltabtötung angst affekt los
gelöst ohne filter dringt welt ein mächtig nüchterner code

aus simplen befehlen geborene farbenwelt transe tv tee tor
rein nur mit euch werdet ketten aus dna eiweißstruktur
ribosamenverankerung denken lichtschlangen sirren im kopf
hin und her sonnenstrahlen und staub beziehen hirnraum.

hirnstaub

häuserzeilen ebaypopups krähen
schwärme laubausbruch nachbar
nackt hirnbildausstattung tisch
tasse erinnerungsmöbel in grau

motor schritt straße klingelton
aus der tasche an meiner tür soll
ich öffnen weghören schrein gar
das radio leiser itunes auf still

der hörer schmeckt fettig nach
porentalg warmem asphalt kalt
der kaffee das gestrige essen schal
taubenkot feuchter rinnenpfropf

und dann die gedanken wortbahn
gebrochen interessenverlust schnell
serienbilder im netz im tv ohne
unterschrift weggeklicktes gemisch

unter leeren vorzeichen
kriechen fremdstimmenmilben hervor

eiweiß verpufft aufgebloppt ritzen
denkfalten kauen verdauen es zügig
feinster hirnstaub kopfverstopfer
staubsaugerarmada mein wunsch.

leitsysteme

als lägen sie unter dem linoleum
von hölzernen planken seit menschen

gedenken verborgen geheime
weltsteuerschnüre draht geflochten

als müssten sie all den staub der
tage und jahre aus ihren denkhöhlen

niesen sie jetzt eine lücke genau
unter meine füße in den boden die falle

leere das schwarze sehnengewirr
silbern fließen befehle durch leitsysteme

im schweigen verhallendes wirken
mein bein eingebunden anordnungsverkeilt

zerschnittenes fleisch knochen haut
bloß maßlose tiefe von wunden blutschreie an

meinen händen die augen voll staub und
die stimme belegt als wäre sie lange schon tot

das steuersystem hat sich mir aufgetan
das luder es fräße mich jetzt und sofort, wenn ...

kranich als lebensform

elegante schritte schwebgang
lauf sprung der letzte federt

den leib in die divenschwingen
graugefiederte gegen den wind

aufstieg landung schrei sippen
gebunden *cranuh* paarsang

rohr ton aus atemtiefem schnabel
der himmelsakkustik entgegen

gereckte saite hoffnungstropfen
widerschall luftverwirrer klang

zwischen erde und sphären gespannt

und im sommer nach schweden
so wie es sein soll dazwischen

pfeilschneller flug auf eigenem weg
dem der kranich unbeirrt folgt.

das verräterische herz

»voided void« im jüdischen museum (berlin)

tick toc tack toc tick toc tack toc tick toc
sekundenklang hier im zeitlosen dunkel

marschiermaschinen *hierher zack! zack!!*
verhallen da draußen *kameraden lauft!!!*

gefährtenlärm hinter unübersichtlich
grauem beton verräterisch lautes herz

schöne wärterin blondes haar die nase ragt
spitz hinauf in die tür eisenschwer und *ich!*

in der mitte im tickenden zickzack der luft
so als tröffe die zeit ohne regel raum leer

entschallt die flucht ausweichslos verworrene
fortbringzeit lauert im eck *hier!* versteck *dich!*

denn: wenn sie kommen ist sie die leere leer
ohne raum eng gefüllt besucherschritte raunen

im gleich*schritt!* hallende kammern tür *auf!!* tür
zu wäre schweigen vorbeigehen fluchterfahrungslos.

räsonnanzraum, ein quattrosonanter klar-kommentar

1 ähm also was ich dir nun noch klipp und klar sagen wollte
2 eigentlich kann man doch im grunde genommen einfach
3 davon ausgehen, dass es doch
4 erst einmal so war –

1 klar trotzdem solltest du noch mal darüber nachdenken weil
2 wenn man bedenkt dass damals alles grundsätzlich offensichtlich
3 so war wie es eben war
4 wir hätten jederzeit –

1 nein quatsch so meinte ich es nun auch wieder nicht wie ich
2 schon kurz angedeutet habe scheint es eher daran gelegen zu
3 haben dass unter umständen
4 alles seinen gang nahm –

1 sag ich doch doch doch nun haben wir ja damals zweifelsohne
2 dahingehend gehandelt dass eigentlich ganz und gar nicht so viel
3 umstände letztendlich
4 dummerweise dagegen –

1 gesprochen haben ja immer die anderen im großen und ganzen
2 allzu leicht wurde es dadurch erst einmal nicht irgendwie anders
3 aber jedenfalls war das dann
4 einerseits doch nicht so –

1 der grund dafür trotzdem habe ich neulich recht zufällig vernommen
2 als wir mit den anderen du weißt schon bei der einen mit dem dingsda
3 in dieser kneipe dort waren
4 dass es womöglich klar –

1 war es andauernd denkbar blieb aber dann fraglich während ich letzhin
2 meine rede nichtsdestoweniger auf das thema brachte ohnehin würde ich
3 sagen durfte dem gar nichts
4 im wege gestanden haben –

1 wir waren uns ja schon äußerst gewiss wo nämlich eigentlich gerade
2 die sache ja unerhört unlogisch daherkam fand ich es trotz allem dann
3 ziemlich nahe liegend wenn
4 sie gleich mal nicht –

1 ach aber allzu an und für sich kannst du das auch wieder nicht sehen
2 von dem standpunkt aus betrachtet über den wir uns längst einig
3 sind finde ich es ein wenig
4 einerseits aber klar andrerseits –

1 sind die dinge auffallend selten im raum stehen geblieben zweifelsohne
2 haben sie ja infolgedessen häufig die seite gewechselt wobei man
3 nicht vergessen darf wie
4 beinahe fast alle –

1 den bach runter gings ja weil keiner sich einig wurde bekanntlich sind
2 alle nachher der überzeugung gewesen dass schlussendlich doch keiner
3 daran schuld war, ist doch
4 schier unausdenkbar oder?

r 128
        römerstrasse 128, von werner sobek, stuttgart-degerloch

nüchtern klar minimaler formen
einsatz gerüst hält raum

gestaltet geordnete freisicht fenster
frontlinien bettblick stadt

stiegen hügelgelehnt zum balkon
hinauf ein fünfmeterbrett

ragt in die aussicht sprung voltaisch
erleuchteter flug scheiben

abbild durchschau bett tisch stuhl
gang reinheitsoase grün

landung im pflanzengehege wald
schatten futter hortblick:

sonnenbeheizt warmes stahlglasskelett.

zungenbrennen

in der kneipe am ende der straße
sie heißt »medikation und geduld«
spricht ein geschmacksverstärker
mit flammender zunge auf mich ein

nein keine lautspuren orthopädischer
apparate galvanische gammelzunge
nicht von alkohol nikotin piercings
verstopfte hirnlappen gar prothesenfehlsitz

nein kleine flämmlein züngeln aus
seinen lippen hervor wortgetränkte
rauchsignale sinnviren immer näher
an mein ohr ich werde gerade mit haut

und haar verbrannt silben schmelzen
in den gehörgang trommelfell schwitzt
fehlgeschlagene wortverortung streit
rückbildung eingeketteter sinne stille

überempfindlichkeit gegen aussage
typus zögerlich ein hirnareal beginnt
unsäglich vor sich hin zu tournetten
wachsende wuthitze einbau fremden

denkens erschwert die schweigelust
grollender schrei abgebaut leber grob
granuliert entzündeter zustand hilft
ein kuss den flammenmeeren nein denn:

wortlust will wachsen organisch wie bäume
leuchtende früchte verführung gespräch

Mirko Kussin
Echolot

Die schwarze Vinylscheibe aus der weißen Papierhülle nehmen. Oder die schwarze Schellackscheibe aus der weißen Papierhülle nehmen. Die weiße Papierhülle beiseitelegen [vergessen], sie ist nicht wichtig. Die schwarze Scheibe auf den Plattenteller legen ist wichtig. Den Tonarm kurz nach rechts drücken ist wichtig. Damit der Motor startet. Damit die Platte eine Geschwindigkeit von 33 rounds per minute bekommt [oder 45 rounds per minute oder 78 rounds per minute]. Damit der Tonarm eine Bahn bekommt, auf der er sich spiralförmig um ein Zentrum drehen kann. Ein Zentrum, das schweigt.
Wie klingt die Vergangenheit?, fragt Solveig. *Alles klingt anders*, sagt Kolja, *oder alles klingt immer gleich und wir hören anders.*
Die ersten zwei, drei Umdrehungen. Das Knistern ist nicht gewollt, aber da. Je älter die Platten sind, desto stärker knistern sie. Da nutzt sich etwas ab. Das Knistern ist Hintergrund, die Musik ist Vordergrund. Mit dem Hintergrund beginnt immer alles.

Koljas Großvater ist fünfzehn, als er sich die erste Schallplatte kauft. Die Tonspur hat da schon Kratzer, die Welt ist da schon zerstört. Die Platte ist sechs Jahre alt. Das Knistern und Rauschen im Hintergrund, weil die Welt sich abzunutzen scheint.
Die erste Platte des Großvaters ist von Lale Andersen. Um die schweigende Mitte dreht sich das Elekrola-Emblem. Die Tonabnahmemöglichkeiten sind noch beschränkt, die Nadel hinterlässt bei jedem Durchlauf ein Knistern auf der Tonspur. Der Krieg ist laut und hinterlässt mit jeder Offensive, mit jeder Frontbewegung ein Knistern in der Welt.

Wir müssen hinter das Rauschen hören, sage ich. *Hinter dem Rauschen liegen die Geschichten. Im Rauschen sind alle Frequenzen vorhanden*, sagt Kolja. *Aus jedem Rauschen kann man jede Frequenz filtern.*

Wir müssten alle Platten auf einmal hören. Dann könnten wir alle Geschichten auf einmal hören.

Die zweite Platte des Großvaters nur ein paar Wochen später [not stars on 45 but stars of 44]. Das Horst-Wessel-Lied. Man kann die Fenster öffnen und es auf der Straße hören, man kann die Fenster schließen und es von der Schallplatte hören [Geschwindigkeit der Platte 78 rounds per minute // Geschwindigkeit der Welt 0,000694 rounds per minute]. Das Knistern im Zimmer, das Rauschen vor dem Fenster. Koljas Großvater mag den Klang von Hitlers Stimme und er hasst die lärmende Welt, die den Klang des Führers verfälscht [Frage: Wie klingt der Führer ohne Fliegeralarm, ohne tönende Wochenschau, ohne Störsenderfrequenzen?]. Wie klingt der Führer in der irrealen rauschfreien Welt des Friedens? Koljas Großvater träumt nachts oft vom Frieden und von Hitler. Seine Träume klingen gut.

Acht Hände auf den Schallplattenstapeln, Zeige- und Mittelfinger blättern Platte für Platte vorwärts. Nach welchen Kriterien suchen sie sich ihren Weg durch den Stapel?
Die Cover sind das Wichtigste, sagt Joerg. *Die Bilder sagen unseren Augen, was die Ohren hören wollen [sollen]. Wenn man die Augen schließt, dann entscheidet das Herz, was die Ohren hören wollen,* sagt Solveig. Und Joerg: *Auch wenn wir die Augen schließen, bleiben die Bilder auf der Netzhaut.*
Vier Menschen schließen die Augen, acht Netzhäute lassen Bilder frei, sechzehn Zeige- und Mittelfinger blättern durch Schallplattenstapel. Solveig ruft: *Stopp!* Sechzehn Zeige- und Mittelfinger stoppen, acht Augen öffnen sich, vier Hände ziehen vier Schallplatten aus den Stapeln.

Zwei Hände erheben sich im Frühjahr 1945 irgendwo in der Nähe von Berlin, irgendwo an der Heimatfront, irgendwo im kühlen Volkssturm der letzten Kriegstage. Sie halten ein weißes Bettlaken hoch [weiß ist unwichtig // weiß ist Vergessen]. Der Führer ist tot, der Krieg ist verloren. Für Großvater ist die Welt verloren. Die Stimme des Führers bleibt in seinem Kopf. Er redet in den folgenden Tagen, Wochen, Monaten, Jahren wenig über Hitler. Hitler ist die weiße Papierhülle [white label]. Seine Schallplatten darf Großvater behalten [Hans Albers has a clean record // Zarah Leander has a clean record // Elisabeth Schwarzkopf has a clean record]. Einige versteckt er auf dem Dachboden [black press // Goebbels Sportpalastrede]. Der Krieg war [ist] Schall und Rauch. Der Krieg war die Fortführung der Politik mit anderen Mitteln. Der Krieg war laut. In Großvaters Kopf hallt das Echo nach. Das Echo legt sich über das Hintergrundrauschen, legt sich über das Knistern, über das Vordergrundrauschen, über jeden Gedanken. Das Echo wird zur Schallquelle. Das Echo produziert ein Echo. Das erste Echo als erste Ableitung der Wirklichkeit. Das zweite Echo als zweite Ableitung der Wirklichkeit. Welche Frequenzen haben sich verändert? An welchen Punkten verschwimmt der Klang der Wirklichkeiten, wenn man sie übereinanderlegt?

Die Cover der Fünfziger haben Stil, sagt Joerg. *Sie sind klassisch schön. Dein Opa war ein Nazi*, sage ich zu Kolja. *Mein Opa war Ästhet*, antwortet er. *Ich als Ästhet*, beginnt Solveig. Dann schweigt sie.

Welche der vier Platten soll sich als Nächstes drehen? Wo ist das Hintergrundrauschen am deutlichsten zu hören? Wo ist das Vordergrundrauschen am deutlichsten zu hören? Wo ist das Knistern der Vorlaufrille am deutlichsten zu hören?

Was ist mit der Musik?, fragt Solveig. *Was ist mit den Covern?*, fragt Joerg. *Was sagen unsere Herzen?*, frage ich. Kolja schweigt, zieht eine schwarze Vinylscheibe oder eine schwarze Schellackscheibe aus einer weißen Papierhülle, wendet sie einige Male zwischen seinen Zeigefingern [A-Seite // B-Seite // A-Seite // B-Seite]. Solveig ruft: *Stopp!* [B-Seite]. Mit 33 rounds per minute beginnt das Knistern.

1950 beginnt das Ende des Schwarz-Weiß-Films. Das Schwarzwaldmädel ist die erste Farbfilmproduktion der Nachkriegszeit [Rudolf Prack has a clean record // Paul Hörbiger has a clean record]. Koljas Großvater sieht den Film zusammen mit Gerlinde. Koljas Vater ist noch nicht geboren [nicht gewollt], aber schon da. Gerlindes rechte Hand auf ihrem Bauch in einem abgedunkelten Kinosaal, Gerlindes linke Hand in Großvaters rechter Hand in einem abgedunkeltem Kinosaal [Frage: Wird die Vergangenheit ab 1950 // ab dem ersten Farbfilm der Nachkriegszeit // ab dem

Schwarzwaldmädel also // ab gedunkelt?]. Ist die Vergangenheit da noch schwarz-weiß? Ist die Vergangenheit da schon nachkoloriert [natürlich Technicolor // natürlich nicht mehr Agfacolor]?
　Ein paar Tage später kauft Großvater die Schallplatte mit der Musik zum Film [Polydor]. Er wendet sie zwischen den Fingern [A-Seite // B-Seite // Junge // Mädchen]. Auf dem Dachboden schweigen weitere Platten, schweigt eine Uniform der Hitlerjugend. In der Wohnung unter dem Dachboden schweigt Großvater, wenn es um die Vergangenheit geht [unwichtig // vergessen // weiß // unschuldig].
　Wir müssten die Platten chronologisch ordnen, sage ich, *dann wüssten wir, wer Koljas Großvater war. Ein Leben chronologisch zu ordnen ist langweilig*, sagt Kolja. *Mit welcher Geschwindigkeit läuft die beste A-Seite im Leben des Großvaters?*, fragt Solveig. Joerg schweigt. *Wir müssten weitere Löcher in die Platten bohren*, sagt Solveig, *dann könnten wir hören, wie sich die Vergangenheit ausdehnt und zusammenzieht. Das gab es schon*, erwidere ich. *Ein paar Endlosrillen auf jeder Seite, mehrere nicht mittig gebohrte Löcher und der Hinweis »playable at any speed«* [this is independent // this is industrial music for industrial people]. *Wir müssten die Platten rückwärts abspielen und die Vergangenheit auf links drehen, dann hörten wir wirklich hinter das Rauschen.*
　Das nächste Schwarz, das nächste Rund. Zeit. Sprung. Die frühen 80er [vielleicht]. Oder die späten 70er [vielleicht]. Wo ist Koljas Großvater zu diesem Zeitpunkt? Wo sind wir alle zu diesem Zeitpunkt?

In den frühen 80ern wird Kolja geboren und in den frühen 80ern beginnt das Ende von Gerlinde. Der Krebs ist noch nicht erkannt, aber schon da. Ihre Lungenflügel sind schwarz [Vinyl // Schellack // Ruß // Schellack besteht aus Ruß]. Auf dem ausgebauten Dachboden über Gerlinde sitzt Großvater zwischen einigen tausend Schallplatten [nicht chronologisch geordnet // nicht alphabetisch geordnet // nach Themenblöcken geordnet]. Der Dachboden ist eine Zeitmaschine. Das Ziel des Großvaters: die Vergangenheit. Das Ziel von Kolja, Solveig, Joerg und mir: die Vergangenheit, jetzt. Der Dachboden ist der Gleiche. Was hören wir noch von damals?

Was hörte Großvater damals von damals? Hat das Knistern der Vorlaufrille sich verändert? Wie klang die Zukunft in den frühen 80ern auf diesem Dachboden für Großvater? [Und unter diesem Dachboden für Gerlinde?] Wie klingt die Gegenwart für uns auf diesem Dachboden?

Mit welcher Geschwindigkeit lebt Gerlinde kurz vor ihrem Tod [33 rounds per minute // 45 rounds per minute // 78 rounds per minute]? *Eine Schallplatte hat bis zu ihrem Ende eine konstante Geschwindigkeit*, sagt Joerg [Toleranzen sind vernachlässigbar]. *Je näher der Tonarm zur Mitte kommt, desto kürzer wird die Strecke, die er zurücklegt. Eigentlich müssten wir es hören können, aber wir sollen es nicht hören*, sagt Kolja. Zwischen dem Knistern der Nachlaufrille und dem Knistern der Vorlaufrille stoppt der Motor [0 rounds per minute]. Ist das schon [noch] der Anfang? Ist das noch [schon] das Ende?

Gerlinde stirbt in den späten 80ern [wichtig]. Ein paar Wochen nach ihrem Tod beginnt das Ende der DDR [unwichtig]. Ein paar Wochen vor ihrem Tod hat das Ende der Schallplatte schon längst begonnen [wichtig]. In den späten 80ern dreht sich alles schneller [200 bis 500 rounds per minute geben den Takt vor]. Großvater verbringt mehr und mehr Zeit auf dem Dachboden. Er starrt auf seine Platten oder er starrt auf etwas hinter seinen Platten. [0,000694 rounds per minute brauchen einen Fixpunkt].

Die letzte Schallplatte, die er sich kauft, ist eine Zusammenstellung von Zarah Leander [clean record]. Wenn er das Cover betrachtet, weint er manchmal. Wenn er Lili Marlen hört, weint er manchmal. Warum er das tut, weiß er nicht. 3148 Schallplatten zählt er in den Regalen [playable at different speed], 3148 schwarze Scheiben, 3148 weiße Papierhüllen, 3148 Cover [bemerkenswert // keine Doppelalben // keine Triplealben]. Hinter den Regalen, hinter der Weichholzverkleidung ist ein Stückchen Vergangenheit verkantet. 3157 Schallplatten zählt Großvater in den Regalen und hinter den Regalen. Die Differenz zwischen dem, was er sieht, und dem, was er weiß, ist ein Stückchen Schwarz. Die Differenz ist das Hintergrundrauschen hinter den Regalen [mit welcher Geschwindigkeit rauscht es hinter den Regalen?].

Im Winter 2001 stirbt Großvater auf dem Dachboden [die Todesanzeige spricht ein paar Tage später von »plötzlich und unerwartet«]. Das Letzte, was seine Augen sehen, ist ein Regal mit Schallplatten, das Letzte, was seine Ohren hören, ist das Knistern zwischen zwei Liedern [das letzte Geräusch in seinem Kopf // Rauschen]. Sein Blutkreislauf: 0 rounds per minute.

Wenigstens zwölf Jahre gut gelebt, soll Göring bei seiner Verhaftung gesagt haben [Göring war ein Ästhet]. Großvaters letzter Gedanke: Wie sieht meine Rechnung aus? Sein Ergebnis

[verschwindet im Hintergrundrauschen]. Elf Minuten später, drei Lieder später, keinen Herzschlag später fährt der Tonarm in seine ursprüngliche Position zurück. Was jetzt noch [schon] da ist: das Echo als Teil des Hintergrundrauschens; oder besser: das Echo als Teil des Untergrundrauschens.

Mit welcher Geschwindigkeit bewegt sich ein paar Tage später der Trauerzug über den verschneiten Friedhof [white label]? Der knirschende Neuschnee unter den Füßen als Teil der Nachlaufrille, knisternde Hustenbonbonpapierchen in der Trauerhalle als Teil der Nachlaufrille, die Familie als schweigende Mitte, um die sich irgendetwas dreht.

Kolja ist vierzehn, als er sich die erste Schallplatte auf dem Trödelmarkt kauft [vernachlässigbar: die geschenkten Märchenplatten seiner Kindheit // die gekauften LPs seiner Eltern // die gesammelten Schallplatten seines Großvaters auf dessen Dachboden]. Das Knistern der Schallplatte ist erwünscht, weil es einen Teil der Welt übertönt. Das Knistern der knapp vierzig Jahre alten Schallplatte gehört dazu [das Knistern ist authentisch].

Joerg ist vierzehn, als er zu Kolja sagt: *Der neueste und letzte Schrei sind digitale Schallplattenspieler. Da gibt es keine Nadeln mehr. Die Schallrille wird mithilfe eines Lasers abgetastet. Allerdings müssen die Platten sauber sein, sonst kommt es zu Lesefehlern und man hört nicht das, was man hören soll* [who has a clean record?]. Solveig sagt, als sie vierzehn ist, *saubere Schallplatten sind eine Illusion* [who has a clean record?]. Ich antworte ihr: *Vielleicht ist der Dreck, vielleicht ist das Knistern, vielleicht sind die Lesefehler ein Echo, das wir hören müssen* [who has a clean record at all?]. *Vielleicht hinterlässt die Nadel bei jedem Durchlauf eine Nachricht für uns auf der Schallrille*. Und Joerg dann: *Wo bleiben unsere Echos, wenn es nur noch CDs gibt?*

Jetzt blickt Kolja auf die herausgerissenen Weichholzbretter, blickt auf den freiliegenden Hohlraum, jetzt blickt er in ein Rauschen. *Wie klingt die Erinnerung an deinen Großvater jetzt?*, fragt Solveig. *Wie klang die weichholzverkleidete Erinnerung an deinen Großvater vor zwei Wochen?*, fragt Joerg. *Alles klingt immer gleich und wir hören anders*, antwortet er.

Welche Platte sollen wir jetzt auflegen?, fragt Solveig. *Sollen wir überhaupt noch etwas hören?*, fragt Joerg. *Haben wir nicht schon alles gehört*, sagt Kolja.

Juliane Liebert
Gedichte

das meer, das hundsäugige das kalkfüßige meer
tausend fingerzeige weit und ungezählte
brusttiefen schwer, wo es heller ist
als irgendwo weil das licht vom wasser
gebrochen, auf dich zurückgeworfen wird,
wo dir deine blicke versalzen ins gesicht schlagen,
wo du für einen hühnergott zwei gläser wodka
eine nacht im tang dein leben ruinieren würdest
für einen einzigen moment: die weite
wie du sie siehst im spiegelbild
des spiegelbildes eines fremden
im zugfenster, neben dir, draußen

[nachtwäsche]

(für l.k.)

du schönes ding
es ist tag und nachtgleiche
es ist an der zeit für die große wäsche
von sonnendunst geträuft
schirmt dein rock den sommerschlaf der heizung, halb du
und in meinen kleidern, halb ich,
erwachst du, flaumige vogelscheuche
zwitschernd in der voliere meines bettes

ich hab dich ertappt
du unnützes ding
hast die stadtwinde ungekühlt verschüttet
deinetwegen ist das dunkel ganz verschwitzt
die von den laternen naschte und ihre kerne
in die wolkenlauge spuckte, das warst du!
du schmutziges ding
drehen wir uns, zwei weiße mangeln, finger
um finger lecken wir einander rein
es ist nacht und taggleiche
es ist an der zeit für die große wäsche

schließlich, als er an die vollendete
raffinesse seiner liebeskünste glaubte,
erzählte sie ihm von ihrem
asthma.

deine hände sind die letzten
exemplare einer aussterbenden vogelart
sind luftträger, windbeladen, unstet ihr flug
wie ihre artgenossen selig
unter mantelärmeln in woll-,
in seidensärgen schaukeln können
sie nicht fassen

es sind zwei fremde in uns, die finden
nichts aneinander als vier handvoll nägel
ich suche schnee auf deiner zunge, finde
hitzegefälle, greise sommer, bin
so glücklich, ich könnte nicht weinen
wenn du stirbst, die tränen müssten
fischeier sein, angelhaken, genau
das loch in deinen lippen füllen, glänzen
weil du das licht in deinem mund nicht sehen kannst
wenn du ihn öffnest braucht der tag
keine sterne, sie müssten kaviar sein,
geschwärztes, warmes salz

[tangens]

das laminat war auslegungssache
wir also ständig im fall begriffen
ohne jemals fuß zu fassen
im gut fundierten bodenlosen
erklärten wir an stelle dessen
aufschießend in stromlinien
form versetzten radien
den höhepunkt zur monotonie
was bedenkenlos gelang weil
der luftwiderstand längst gebrochen
die geschwindigkeit so hoch wir
so leichten herzens nahezu
schwerelos waren und den grund
nicht kannten

[bündel mein fleisch in losen strängen]

in dem winkel, wo die linie der schenkel auf die scham trifft, ist die kühle deiner zunge eingezogen. der weiße hass meiner glieder umwürgt dein becken.
dort pocht das unvermeidbare, das hautsaftgewürzte. es will dir das mark aus dem rücken kratzen, sich in deinen schultern verbeißen wie eine tollwütige katze. das brustbein kreuzt ein mal, lässt die brüste finden; sie sind runde kinder voller marzipan, pflaumenkerne im zenit, woraus die gier wachsen wird:
denn mir sind ameisen in die blutbahnen gekrochen, die lassen keine rast. will gülle aus deinem bauchnabel trinken, will dich säugen, will dich nähren, komm in meinen schoß, dort kannst du die steine zählen, dort kannst du sie kerben, dort kannst du mir den verstand aus dem hirn saugen und ihn in meine knöchel pflanzen, denn geerntet werden muss: mein hunger erklärt mir den krieg.

[wenig erotischer zweizeiler]

rock rauf mann rauf rein raus
mann runter rock runter aus.

letzte nacht ist der heilige geist über mich gekommen
jetzt bin ich schwanger – nein, erkenntnisträchtig:
bloß hirnbestirnt sind wir nüchtern, nüchtern voneinander
oh baby du bist so heiß wie die unbefleckte empfängnis
bei unserer erbsünde unterm nabel nagel
mich auf den küchentisch bete bevor du mir
die magarine reichst leck auf herrgott steif
geschlagen kann auch paradiescreme verderben
komm nicht zum früh mist stück vor ostern
löst jesus nur ungern kreuzworträtsel

[new york (wie es nicht war)]

new york erschien uns eher mikrig, sowieso
fanden wir den kontinent bloß so lala
es sei denn wir hätten ihn ganz haben können
oder wenigstens die größere hälfte, und
dann bitte auch das bisschen ozean drumrum;

wir waren zu viele, wir wollten nicht teilen,
wir wollten all das kokain von dem wir ständig lasen
was wir nie zu fassen bekamen, den rausch

wir waren ausgelassene, streng vermessen,
unsere rücken abgebrochene spannungskurven
lagen wir auf den grünflächen, rauchten
unsere lippen umschlossen die schornsteinspitzen
und unsere silhouetten vollendeten die skyline

wir waren kinokarten, schon am einlass entwertet
ahnten, der film läuft auch ohne uns ab, waren
immer nah dran nie da gewesen zu sein

Anselm Neft
Die schönste Blume Allgäus

Mitte des 19. Jahrhunderts war der Südosten Deutschlands eine wilde Gegend. In harten Wintern kamen Wölfe und Bären in die Dörfer, so ausgehungert wie die Menschen, die dort lebten. Damals reiste niemand zum Vergnügen ins Allgäu, und wenn sich doch einmal nach Bergkristallen suchende »Venedigermännle« in diesen Landstrich wagten, so war zuvor eine Messe zum Heil ihrer Seelen gelesen worden, denn wilder als die Wölfe gebärdeten sich die Allgäuer, die Reisende ausplünderten und in Felsschluchten warfen. Doch so unfreundlich sie mit Fremden verfuhren, so herzlich zeigten sie sich gegenüber ihren Milchkühen, den Königinnen des Allgäus, die er zu bestimmten Tagen in festlichem Putz von der Alm trieb. Sie bekamen bessere Kost als die Kinder, durften sich im ganzen Haus frei bewegen und wurden getauft, gesegnet, bekränzt und im Gottesdienst besungen.

Wer eine Kuh beschimpfte, ihr drohte oder sie schlug, musste mit Strafen rechnen, unter denen das Zerteilen des rechten Ohres zum Schlitzohr noch eine harmlose darstellte. Umgekehrt galt: wer einer Kuh in der Osternacht das Leben rettete, der wurde kugelsicher und durfte sich etwas wünschen. Arm hieß, wer keine oder wenige Kühe hatte, wer viele Kühe besaß, hieß reich. Der Besitzer vieler prämierter Herdebuchtiere galt als besonders reich, und das war im Ostallgäu der Nesselwanger Bauer Karl Hirnbichler. Naturgemäß hatten sich die Burschen von Nesselwang und Umgebung eine Heirat mit seiner einzigen Tochter in den Kopf gesetzt. Elsbeth Hirnbichler brachte nicht nur viele Kühe mit in die Ehe, obendrein molk sie wie keine Zweite. Gleichgültig, welche Kuh man ihr zuführte – Elsbeth zog derart meisterlich an den sich zögerlich hingebenden Zitzen, dass eine Milchkuh, die es gewöhnlich auf sieben Liter am Tag brachte, leicht zehn oder mehr in die blechernen Eimer gab. Elsbeth presste aus dem störrischsten Höhenvieh den letzten Tropfen heraus. Sie molk derart einfühlsam und zugleich fordernd, dass nach einer solchen Behandlung eine völlig leere, vergeistigte Kuh zurückblieb.

Die ledigen Burschen hielten Elsbeth Blumensträuße oder bunte Bänder vom Wochenmarkt hin, zogen sie auf dem Tanzboden fest an sich oder machten Komplimente, wobei man sich da von den Allgäuern keine Großartigkeiten erhoffen durfte.

Nur dem Weitnauer waren solche Tändeleien fremd. Von klein auf war ihm klar gewesen, dass man Kühe haben muss, um noch mehr Kühe bekommen zu können. Sein Wissen ums Vieh war groß. Der Weitnauer schnapselte nicht, er gaigelte nicht und von Tabaksdosen hielt er sich fern. Wo andere drei Kartoffeln aßen, aß er zwei, wo andere um fünf Uhr aufstanden, war er um vier auf den Beinen. Und während sich die gewöhnlichen Burschen in Liebeleien verstrickten, die Bänder und Naschzeug und vielleicht ein Messer mit Hirschhorngriff zum Angeben und Herzeritzen kosteten, trug der Weitnauer die Lederhosen seines Oheims auf und führte beständig Listen seiner Einnahmen und Ausgaben. Er hätte als der sicherste Anwärter auf die Hand der Hirnbichler gegolten, wäre da nicht der Unsinn gewesen.

Willi Unsinn sah trotz seiner trockenen Haut auf eine Weise gut aus, dass die Nesselwanger bei seinem Anblick mit dem Glauben an eine bessere und schönere Welt erfüllt wurden. Auch die Kühe schienen in seiner Gegenwart ihr Bestes geben zu wollen. Hatte er auch weniger Tiere als der Weitnauer, so waren doch zwei darunter, deren Milch mit einem Fettgehalt von viereinhalb Schöpfern Rahm pro Eimer alle Rekorde schlug. Viermal im Jahr kam der Milchprüfer und viermal im Jahr hatte der Unsinn am Ende den besten Fettzettel. Den Weitnauer machte es rasend, wenn der Unsinn, der sich um nichts kümmerte, diesen Fettzettel halb aus der Brusttasche schauen ließ, gerade so, dass der Weitnauer, der sich um alles kümmerte, sehen konnte, dass die unsinnschen Kühe wieder die fettigste Milch gegeben hatten. Weil sich der Unsinn mehr im »Hirsch« bei Schnaps und Gaigelspiel als bei seinen Kühen antreffen ließ und er obendrein das Akkordeon flinker spielte als jeder andere, sagte man ihm Kräfte nach. Die älteren Frauen sprachen nach dem Kirchbesuch darüber, dass er den Leib Christi nicht zerkaue, sondern im Mund aus der Kirche heraustrage. Eine Hebamme aus Guggemoos wollte ihn gar in der Mainacht auf dem Grünten getroffen haben, einem verwunschenen Berg, auf dem das alte Volk einen Tanzplatz gehabt haben soll. Allerdings fragte sich so mancher Nesselwanger, was die Guggemooserin selbst in der fraglichen Nacht dort zu schaffen gehabt haben mochte.

Der Weitnauer sprach nie schlecht über den Unsinn, setzte den Dörflern aber durch geschickte Andeutungen Grillen in den Kopf, bis diese damit hausieren gingen, der Unsinn rühre seiner Milch vor den Prüfungen ein Hexenkraut unter, das die Milch auffette. Tatsächlich aber machte der Unsinn gar nichts mit seiner Milch, wohl aber mit der Milch des Weitnauer. In den Nächten, bevor der Prüfer kam, schlich er sich zum Weitnauer-Hof und pisste seine Schnapsblase in die Milchbottiche, dass es schäumte. Manche Kinder bekamen in den Folgetagen von dieser Milch einen Schwips, was aber niemandem auffiel außer ihnen selbst.

Der Weitnauer wiederum mischte dem Futter für die Unsinnkühe hin und wieder Mutterkorn bei, wovon manche der Tiere eigen wurden. Wer die Milch der Unsinnskühe trank, erlebte beizeiten sonderbare, aber nicht immer unangenehme Gesichte.

Der Elsbeth war allerdings die Mutter Gottes schon erschienen, bevor der Weitnauer damit begonnen hatte, das Futter seines Rivalen mit wirkmächtigen Pilzen zu vergiften. Von Kindesbein an traf Elsbeth die Heilige Jungfrau auf dem Dachboden, in der Speis, bei der Quelle am Kreuzweg und zwischen den Kühen des Vaters mitten am Tag. Unmissverständlich hatte ihr Maria, auf einem Braunvieh reitend, zu verstehen gegeben, dass auch sie, die Elsbeth, rein zu bleiben habe. Dabei hatten die sieben Schwerter im heiligen Herzen geblitzt, dass es der kleinen Elsbeth selbst ins Herz schnitt. Ohne große Umwege war der Wille der Gottesmutter über die Jahre der Wille der Elsbeth geworden. Frühzeitig machte sie sich ein Bild von den Männern, und dieses Bild war nicht schön. Die einen hatten außer Fettzetteln nichts im Kopf, die anderen holten ungefragt und plötzlich hinter den Hecken ihre Glieder hervor und präsentierten sie wie der Pfarrer Birnmoser die Monstranz beim Fronleichnamszug. Am Hintern hatten sie Haare, auf den Zähnen Belag, und ihre Hände waren nie sauber und fein wie die von den Holzheiligen in der Kirche, von denen die Mutter Gottes alle anderen an Schönheit übertraf.

Elsbeth hätte nicht sagen können, wen sie abstoßender fand: den Unsinn, mit seinen allen Frauen zufunkelnden Augen, die sofort das Funkeln einstellten, wenn er sich unbeobachtet glaubte, oder den Weitnauer, dem sich manchmal ein nicht zu versteckender Ekel in die Mundwinkel grub, wenn sie ihm begegnete.

Der alte Hirnbichler hätte sich und seiner Tochter eine Heirat gerne erspart. Da er aber keine weiteren Nachkommen hatte, und dem Allgäuer – trotz aller Paradiesreden des Birnmoser – das wahre Leben nach dem Tode in den Kindern und Kindeskindern greifbar wird, musste die Elsbeth gebären, und das hatte mit rechten Dingen, also in einer Ehe vonstattenzugehen.

Um die von Paarungswut und Kuhgier aufgeheizten Dorfburschen und ihre habsüchtigen Eltern zu beruhigen, verkündete der Hirnbichler am Gründonnerstag nach dem 21. Geburtstag seiner Tochter, dass derjenige Elsbeth zur Frau bekommen solle, der ihr bis Karsamstag um Mitternacht die schönste Blume gebracht habe. Welche die schönste Blume sei, dürfe seine Tochter ganz alleine entscheiden, die er als kluge und verständige Tochter kenne, die nicht enterbt werden wolle.

So schwärmten Karfreitag in aller Herrgottsfrühe Dutzende junger Männer aus, die meisten auf der Suche nach einem üppigen Edelweiß auf möglichst hohem Gipfel. Der Weitnauer aber war wieder einmal viel früher aufgestanden als alle anderen, und als der Unsinn mitten in der Nacht den Hof verließ, lauerte der Weitnauer bereits hinterm Mist und folgte ihm. Weit und federnd schritt der Unsinn mit wippendem Rucksack zwischen Weideland und Flachsfeldern aus, was dem kurzbeinigen Weitnauer bald zu schaffen machte.

Die ersten Hähne krähten von Nesselwang und Rainen her überkreuz, als der Unsinn am Fuß des Grünten in einem Stollen der stillgelegten Erzminen verschwand. Dem Weitnauer nässte der Schweiß den Kragen, als ihm Geschichten der Mume Hilda einfielen, die den Grünten als einen von Höhlen durchzogenen Schlupfwinkel des alten Volkes beschrieben, jener dunkelhäutigen Wesen, die durch erobernde Schwaben vor Jahrhunderten ins Unwegsame geflohen waren. Welche Art Blume in den Tiefen des Berges wachsen sollte, war dem Weitnauer rätselhaft, und doch trat er sich selbst überwindend ins Innere des Berges. Ein paar Schritte und das Rund des Eingangs war den bang zurückblickenden Augen auf die Größe eines Iltiskopfes geschrumpft.

Die feuchten, enger aneinander rückenden Wände bedrückten den Weitnauer, als presse sich im Stubendunkel etwas buttrig Riechendes an ihn. Ekel verklebte ihm die Poren und sein Denken wurde derart schwammig, dass er wie im Traum dem Fackellicht des Unsinn durch die Stollen folgte, geradewegs in den zweitsonderbarsten Moment seines Lebens: Als verfolge ihn die riesige Milchkuh seiner kindlichen Albträume, hallte von den Stollenwänden ein Hufschlagen wider. Plötzlich verschwand das Fackellicht, nur um nach sechs Atemzügen Meter tiefer wieder aufzuleuchten und zu verharren. Ein Scharren und Rücken klang aus der Tiefe und mischte sich mit kehligen Lauten, wie sie nur das kleine Volk im ewigen Höhlendunkel ausstoßen konnte. Dem Weitnauer zog ein Schauer vom Nacken bis zum Steiß und blieb dort wie ein Eiszapfen stecken.

Fünf Gebete an Sankt Mang später kam das Fackellicht dem Weitnauer wie aus dem Nichts entgegen. Tatsächlich strich der Schein der Fackel über den halben Weitnauer. Der Unsinn aber, der in diesen Höhlen mit einigem rechnete, nicht aber mit dem Weitnauer, sah nur Felsgestein und ging seines Weges.
Vielleicht war die Rückkehr in die bekannte Welt der Luft und der Wiesen der glücklichste Augenblick im Leben des Ernst Weitnauer, aber das entging ihm, weil er schon nach seinem Messer griff und dem Unsinn auf dem Feld hinterherstürzte, mitten hinein in den sonderbarsten Moment seines Lebens: Der Unsinn ließ sich tatsächlich einholen, obwohl er sich schon frühzeitig umdrehte und die Gelegenheit zur Flucht gehabt hätte. Fast spöttisch sah er den verschwitzten Weitnauer an, wie er mit seinem Messer herumfuchtelte und drohte: »Rucksch des it glei raus, was dir die Kloine geabe händ, sonscht verstich i di!«

»Du koizar Siach, du kählar Sauhund«, entgegnete der Unsinn und zückte seinerseits ein Messer, kürzer, breiter und mit Hirschhorngriff. Ein Bussard kreiste am Himmel, hatte aber anderes im Blick als die beiden Männer, die in wenig geübten Schritten umeinander herumschlichen, jeder sein Messer weit vor sich gehalten.
»I verzell iberall, dass du beim alte Volk warsch, du Satanas.«
»Wie willsch des mache, mit am durchgschnittene Hals?«
»Was händ se dir geabe?«
»Des dätsch gean wisse, gell?«
Noch beim »gell« stieß der Unsinn unvermittelt zu, der Weitnauer aber war ausgeschlafen genug, zur Seite auszuweichen und so fest auf den stoßenden Arm zu schlagen, dass der Unsinn die Klinge fallen ließ. Bevor aber der Weitnauer in die offene Flanke seines Rivalen stechen konnte, hatte sich der Unsinn gedreht und ihm ins Gesicht geschlagen. Es gab noch ein paar erfolglose Stiche und schlecht platzierte Schläge, dann lagen die beiden im Feld und rangen mit den Armen. Anfangs lag der Weitnauer oben, bekam seine Messerhand aber nicht frei. Dann ging ein Ruck durch den Männerknäuel und der Unsinn drehte sich auf den Weitnauer, das Gesicht so nah an seinem, dass sich die beiden nicht in die Augen sehen konnten und das lockige Haar des Unsinns dem Weitnauer über die Wange strich. In diesem Moment wuchs dem Weitnauer das Geschlecht derart, dass es dem Unsinn nicht entgehen konnte. Lederhose an Lederhose rutschten die Männer übereinander, schmerzhaft ineinander verkeilt, nach altem und frischem Schweiß riechend, bis der Weitnauer nicht wusste, wie ihm geschah und er den Unsinn küsste, auf die vollen Lippen, die gar nicht rau, sondern ein bisschen feucht waren und sofort ein Stück auseinanderwichen. Er war sich sicher, dass er am Oberschenkel keine Taschenuhr, sondern das ebenfalls hart gewordene Glied des Unsinn fühlte, während die Zungen der Männer gegeneinanderstießen. Zunächst suchten sie Halt wie betrunkene Bauern beim Tanz, dann ergab sich aber ein schöner Rhythmus, in dem die Zungen in Kreisbewegungen umeinander schlugen. Der Weitnauer keuchte ungeheuer, als er dem Unsinn schließlich das Hemd vom Leibe fingerte und die kleinen braunen Brustwarzen in seinen Mund sog. Der Bussard hatte immer noch Besseres zu tun, als dabei zuzusehen, wie sich die Männer aus

den Hosen zogen und gegenseitig ihr Geschlecht betasteten, bevor sie es ungestüm, so wie sie es sonst nur mit sich selbst zu tun pflegten, in den Händen hochzogen und niederpressten.

Am Ende zitterte und heulte der Weitnauer und stieß den Unsinn von sich, der sich den letzten Rüttler selbst verpassen musste, um seine Spannung in drei kleiner werdenden Bögen ins Feld zu schießen. Danach redeten die beiden Männer kein Wort miteinander, an diesem Tag nicht und an keinem nachfolgenden. Sie gingen zurück ins Dorf, den Buckel des Grünten hinter sich, der wie ein gebrochener Rücken in der Morgensonne lag.

Der Unsinn brachte der Elsbeth das, was der Weitnauer für eine Gabe des alten Volkes hielt, eine von Bernstein umhüllte, unbekannte Blume. Jeder im Dorf war der Ansicht, dass der Unsinn mit diesem Schmuckstück die Hand der Elsbeth verdient hatte, auch wenn hinter seinem Rücken getuschelt wurde, und mancher sich wunderte, warum der Weitnauer am Wettkampf gar nicht erst teilgenommen hatte. Die Hochzeit fand noch vor dem Johannistag statt, an dem man den Weitnauer erhängt in seiner Scheune fand. Den Unsinn zog man kein Jahr später tot aus einem Milchbottich voller Schnaps. Die Elsbeth aber hat sich zunehmend für die Mutter Gottes gehalten und dem alten Hirnbichler keinen einzigen Nachkommen geschenkt.

Theresa Pak

Mittag + Abendtisch

Als erstes wirst du mich fragen:
– Ist dir eigentlich schon aufgefallen dass sich da unten vorm Hauseingang zwei fette Männer prügeln und im Wohnzimmer ein Fremder schläft der dreckige Füße hat?
Und ich kann dir nicht ins Gesicht gucken und auch nicht weiter so dastehen in Unterhose und Hemd mit den Löchern an den Achselhöhlen du schaust mich an und ich berühre dich nicht sondern halte ganz still wie man das vor scheuen Tieren tut und beobachte wie du den Hausschlüssel in der Hand wiegst die andere schließt sich um den Gürtel deines Mantels. Die Minuten drehen sich ein Mal um uns ohne dass wir atmen aber im nächsten Moment wirfst du die Arme um meinen Hals küsst mich fest auf den Mund und ich wache auf.

Als ich meine Augen öffne steht Nicolai vor mir und lacht. Er trägt meine Pyjamahose. Sie ist ihm ein bisschen zu kurz. Quer über seiner Nase klebt ein Verband.
 Er kann von Glück sagen dass er sie noch hat.
 Ich glaube er ist ein bisschen blöd aber man kann sich seine Leidensgenossen nicht aussuchen und eigentlich ist er ein lieber Kerl. Du würdest ihn sicher mögen. Er könnte unser Sohn sein.
 – Hastes bald?
 Ich kann es überhaupt nicht leiden wenn man sich über mich lustig macht das hat mich schon in der Schule rasend gemacht es macht mich wild.
 Er deutet auf meine Hand die den Döner festhält seit ich eingeschlafen bin. Es geht bergab.

Der ganze Ärger fing an als Klausi meinte die Karte vom Lutz sollte mal wieder ein bisschen aufgefrischt werden.
 Ich persönlich halte eigentlich nichts von dem ganzen Schnick-

schnack wo Essen aussieht wie Schmuck auf dem Teller aber gut wer es mag ich kann alles kochen.
– Also ich seh da kein Problem mir soll's recht sein sag ich.
Am nächsten Morgen werde ich vom Telefon geweckt. Es ist Anne die Kellnerin von der Frühschicht.
– Du mit dem Klausi ist was ganz komisch sagt sie. Komm mal lieber gucken.
Ich also in den Laden und merke schon am Eingang den erbärmlichen Gestank und ich stelle sofort die Lüftung auf volle Pulle. Ich ahne schon Böses und als ich in die Küche komme liegt ein vier Meter langer mindestens 200 Kilogramm schwerer halb aufgetauter Schwertfisch auf dem Boden. Daneben steht Klausi und grinst wie eine Maikönigin.
Mir kommt es fast hoch und Klausi sagt:
– Gegrillt und mit einer wenig sauren und gekräuterten Citronette beträufelt schmeckt der wunderbar.
– Mein Gott sage ich. Wo hast du den denn her.
– Kontakte sagt er.
– Schleunigst raus damit sag ich aber avanti.
Daraufhin bricht Klausi in Tränen aus mir wird klar er ist verrückt geworden seit wir uns das letzte Mal gesehen haben. Sein Gesicht ist ganz blass er schwitzt wie ein Schwein und da schluchzt er schon los er hat eine Menge Schulden und weiß nicht weiter und mich kann er sowieso nicht mehr bezahlen und das ist alles diese Fotze schuld und er springt auf und tritt den Schwertfisch. Minutenlang seh ich zu wie Klausi das Vieh in einen Matschhaufen verwandelt bis er erschöpft stolpert.
Klausi sag ich Mannomann Junge Kumpel Alter Dicker versuchen wir das Ding loszuwerden wie hast du ihn überhaupt hier reingeschafft.
– Ich weiß nicht ich weiß nicht mehr jammert Klausi. So wie andere nach der Mama rufen.
Anne kommt rein.
– Es zieht sagt sie. Schaut auf den Fisch der aussieht wie aus einem Horrorfilm und fängt an zu schreien. Klausi klatscht ihr eine sie klatscht ihm auch eine und dann sind beide ruhig.
Also gut das einfachste ist den Fisch zu zerteilen und stückweise rauszuschaffen ohne dass es auffällt und bevor die Gäste kommen.
Ich mach mich an die Arbeit. Ich schneide Klausi wickelt die

Teile in eine Plastiktüte und bringt sie weg. Eigentlich schade. Das muss mal ein prächtiges Exemplar gewesen sein.

So ein Schwertfisch hat feines fettarmes Fleisch da hätte man so einiges daraus machen können. Klausi muss dasselbe gedacht haben.

Zwei Tage später hat das Lutz dicht gemacht. Schwerer Fall von Lebensmittelvergiftung in siebzehn Fällen. Klausi seh ich nie wieder.

Eingeliefert worden sagt man.

Mein Onkel hat mir den Job im Schwänle gegeben.

Über dem Eingang hängt ein goldener Schwan damit jeder gleich kapiert dass es ein Drei-Sterne-Restaurant ist.

– Mein lieber lieber Junge hat er gesagt. Warum bist du nicht schon eher zu mir gekommen ich lass doch meine Familie nicht im Stich Ehrensache aber du musst verstehen sagt er und ringt die Hände.

– Die Sache mit dem Schwertfisch hat sich rumgesprochen ich hab einen Ruf zu verlieren aber ich mach dir einen Vorschlag: Du arbeitest dich 'ne Weile ein bis sich alles beruhigt hat und dann fängst du als Koch an in Ordnung Ehrenwort schlag ein.

Seitdem stehe ich fünfmal die Woche neun Stunden am Stück in der Spülküche spritze die dreckigen Pfannen und Töpfe mit einer Brause ab packe Berge von Geschirr in das Gestell rolle es in die Maschine Klappe runter Start Brause kaputt mehr Pfannen und noch mehr Töpfe mit einer Brüste abschrubben Klappe hoch Geschirr rausrollen ausräumen reinstellen nächste Fuhre.

In der Spülküche ist es schwül wie in einer Sauna von der Decke tropft es der Boden ist glatt wie Eis die Klamotten kleben am Leib. Fünfmal die Woche neun Stunden am Stück stelle ich mir vor wie ich meinem Onkel das Schwänle in den Arsch ramme Klappe runter Start von vier Uhr mittags bis ein Uhr nachts.

Wenn viel los ist verpass ich die letzte Bahn und lauf bis nach Hause das dauert ungefähr eine Stunde. An der Tanke hole ich Zigaretten – Alles klar – Ja muss und selbst – Ja auch – trink das Bier aus und spätestens am Wettbüro da wo unsere Straße anfängt ist die Hitze aus meinem Körper gewichen.

Wenn ich um die Ecke zu unserer Wohnung biege ist es das erste was ich sehe: Mittag + Abendtisch.
Das Schild leuchtet die ganze Nacht auch wenn der Imbiss schon geschlossen hat.
Ich bin nie drin gewesen von außen kann man Stühle und die Theke sehen hat ein bisschen was von Opas Bierkeller.
Am Anfang hat es mich wahnsinnig gemacht denn das Mittag + Abendtisch-Schild ist direkt unter unserem Schlafzimmerfenster angebracht aber damals wusste ich genau dass du da oben gelegen und geschlafen hast. Auf der Seite Arme und Beine nahe an den Körper gezogen. Ich hab ganz vorsichtig deine Glieder aufgebogen und mich an dir gewärmt.

Nachts liege ich wach und höre was in diesem Haus vor sich geht. Gegen elf erklingen auf den letzten Treppen Stöckelschuhe ich stelle mir vor wie sie aussehen. Mit so hohen silbernen Absätzen die das Gestell einer Frau zum Wippen bringen.
Das muss die Kleine von ganz oben sein die sich nachts heimlich rausschleicht ihr Vater prügelt sie windelweich wenn er dahinterkommt ich denke an deine kleinen verformten Füße die nur schwer in neue Schuhe passen und jedes Mal schmerzen.
Dein Klagen ist immer das erste was ich höre wenn du heimkommst.
Dein Zischen wenn du die Schuhe von den Füßen trittst.
Du erscheinst im Wohnzimmer und siehst mich müde an.
Du setzt dich mir gegenüber und ich nehme deinen linken Fuß in die Hand.
Wir sprechen nicht sondern sehen die ganze Zeit fern.
Irgendwann gehen wir ins Bett. So waren die meisten Abende. Es hat uns nichts gefehlt.

Der Küchenjunge hat seinen Lohn nicht bekommen. Er hat sich diese Woche zum dritten Mal auf die Fresse gelegt und dabei jedes Mal einen Stapel Geschirr mitgerissen.
– Du machst mich arm andauernd kommst du zu spät ständig gehen hier Sachen kaputt und jetzt guck dir mal dein Gesicht an du riechst nach Ärger.
Mein Onkel heute im rosa Hemd fuchtelt mit den Händen und bringt den Schwuchtelklunker zum Klimpern.

– Grinst du? Ist das irgendwie witzig? Findest du das komisch? Nicolai schüttelt den Kopf und schaut mit seinem Silberblick auf den Fußboden. Er sieht wirklich schlimm aus. Sein Gesicht ist grün und blau geschlagen und seine Nase scheint gebrochen. Eigentlich habe ich mir vorgenommen mich aus allem rauszuhalten aber es ist komisch manchmal verselbstständigt sich mein Mundgerät. In einer stillen Minute nehme ich meinen Onkel beiseite. Seitdem folgt mir der Junge wie ein Hund.

Als wir nach Schichtende aus dem Laden kommen sagt er leise: Das war mein Vater.

Und zeigt auf seine Nase.

Ich sag: Interessiert mich nicht. Und renn mir bloß nicht hinterher.

Er: Kann ich bei dir wohnen?

Einfach so.

Ich: Sag mal spinnst du? Hast du sie noch alle? Findest du das nicht ein bisschen dreist? Bist du immer so? Seh ich aus wie die Wohlfahrt? Hast du kein eigenes Zuhause? Und was hab ich davon? Glaubst du ich hab nicht schon genug Probleme am Hals? Ich meine hallo? Denkst du ich hab nicht was Besseres zu tun als so einen Schmarotzer wie dich in meine vier Wände zu lassen?

– Bitte.

– Nein.

– Bitte.

– Hau ab.

– Bitte nur bis der Verband abkommt.

– Also gut aber damit das mal klar ist wenn meine Frau wiederkommt musst du gehen. Was soll sie denken wenn sie hier reinkommt und du hast es dir im Bett breitgemacht.

– Ich schlafe auf dem Sofa.

– Das will ich auch meinen. Vollpfosten.

Jetzt steigen ihm die Tränen in die Augen und wenn ich etwas nicht ertragen kann dann ist es der Anblick von Männern die eine kaputte Nase haben und Rotz und Wasser heulen.

– Da. Ich werfe ein paar Klamotten auf die Sofalehne.

– Trag ich nicht mehr bin zu fett dafür geworden.

Nicolai lächelt. Er hat sehr viele kleine Zähne wie eine Kind.

Wie auch immer Gott scheiß auf mein warmes Herz das ist jedenfalls der Grund warum drei Wochen nachdem du nicht mehr da bist ein Mann mit schmutzigen Füßen auf unserem Sofa schläft.

Kurz danach bin ich den fetten Männern begegnet.

Eines Abends komme ich von der Arbeit als sich die beiden Keiler vor dem Mittag + Abendtisch vom Bordstein zu schieben versuchen. Als sie mich bemerken halten sie inne und stellten sich mir gegenüber wie zwei nasse Hunde die Witterung aufnehmen. Beide sind kahlköpfig und tragen schmutzige Unterhemden. Sie sind beinahe so breit wie hoch.

– Was gibt es denn zu glotzen frage ich während ich die Tür aufschließe.

– Was komisch oder was fragt einer von ihnen.

Ich habe mich schon lange nicht mehr geschlagen aber so was ist wie Fahrradfahren das verlernt man nicht. Ich bin klein und schnell die Brüder sind fett und langsam. Wenn sie sich nicht auf mich drauffallen lassen stehen meine Chancen nicht schlecht denke ich. Als der erste auf mich zurennt sehe ich dann ein dass ich mich geirrt habe. Ich springe zur Seite und schlag ihm auf das linke Ohr. Er grunzt und verpasst mir zwei Ohrfeigen. Ich pralle gegen die Tür er schiebt nach wie ein wildgewordener Elefant bis mir die Luft wegbleibt. Mir bleibt nichts anderes übrig als seine Nase zu drehen. Als er zurücktorkelt kann ich ihm endlich mit voller Wucht eine verpassen so richtig von vorne wie aus dem Lehrbuch.

Er setzt sich auf den Asphalt. Zu früh sich die Hände zu reiben. Der andere brüllt auf packt mich hebt mich hoch und dreht sich und dreht sich. Ich denke gleich schmeißt er mich in die Auslage als der Idiot unter mir stolpert über seine eigenen Füße und wir schmeißen uns so hart hin dass ich nur noch Sterne sehe.

Ich werde wieder auf die Beine gestellt.

– Geile Vorstellung sagt der eine.

– Wie beim Eiskunstlauf sagt der andere.

Sie heißen Thorsten und Heiko und ihrer Mutter gehört der Mittag + Abendtisch.

Die aber nicht da ist weil sie in der Sankt Marien-Klinik langsam ihr Leben aushaucht.

Sie hat fünfundzwanzig Jahre lang geschuftet und als sie dann alles erreicht hat ist sie krank geworden und das Beste ist keiner ihrer Söhne will den Laden haben. Wenn das kein Grund ist sich zu schlagen. Wie auch immer ihre Jungs geben mir ein Bier aus dann noch eins und noch eins bis in die Frühe.

– Wie siehst du denn aus schreit mein Onkel. Wie ist denn das passiert? Also was ist eigentlich hier los? Empört blickt er um sich und alle Mitarbeiter tun so als wären sie taub und mit was anderem beschäftigt.
– Ich bin die Kellertreppe runtergefallen sage ich.
– Na klar sagt mein Onkel höhnisch. Die Treppe runtergefallen und das Licht war kaputt jaja.
– Ja sage ich. Ich wollte noch den Glasmüll runterbringen.
– Du lagerst dein Altglas im Keller fragt mein Onkel ungläubig.
– Und dabei bist du auf das Gesicht gefallen. Was für ein dummer Zufall.
– Ein unglücklicher Zufall sage ich.
– Ich warne dich treib es nicht zu weit sagt mein Onkel mit rotem Gesicht. Und jetzt geh nach Hause ich kann dein Gesicht nicht mehr sehen.

Am nächsten Morgen wache ich auf und habe das Gefühl das Licht hat sich verschoben zum ersten Mal seit Jahren. Ich setze mich vorsichtig im Bett auf. In der Wohnung ist es still draußen bewegt sich nichts. Es klingt als sei ich der einzige Mensch auf Erden und alles dort draußen hätte sich in Stein verwandelt. Deine Seite des Bettes ist leer. Ich habe das Bettlaken nicht mehr gewechselt seit du weg bist aber ich kann deinen Geruch nicht mehr finden. Ich heule wie ein Kind ich heule und heule und heule alles zieht sich zusammen bis mein Körper überhaupt nichts Menschliches mehr hat und das ist gut so.

Ich erinnere mich an den Abend an dem wir zu deinem Lieblingslied aus dem Radio getanzt haben bis dir der Ring vom Finger rutschte. Für den Rest des Liedes kroch ich unter dem Sofa rum und du hast in deine Hände hineingelacht.

Mit tränennassen Gesichtern blicken mich Heiko und Thorsten durch den Türspion an. Die Mutter ist entlassen worden. Es gibt nichts mehr was man für sie tun kann außer sie daheim sterben zu lassen. Die Dame hat einen letzten Wunsch.

– Nichts Besonderes sagt Thorsten.
– Schollenfilet mit Pellkartoffeln und Rotkohl.
– À la Carte sagt Heiko.
Ich nicke bloß. Selbstverständlich.
– Was schreit mein Onkel am Telefon. Man kann ihn sogar durch die Leitung klimpern hören.
– Bist du bescheuert? Und wer soll deiner Meinung nach heute spülen? Ich?
– Familienangelegenheit sage ich.
– Lecko mio sagt mein Onkel. Du kannst mich mal dreifach du Bastard. Was denn für eine Familienangelegenheit hä?
– Es geht um meinen Vater sage ich.
– Ach ja?
– Er ist tot sage ich und lege auf.

Heute gibt es im Mittag + Abendtisch Frikadellen Bratwürste Cordon bleu Eisbein Schollenfilet Krautsalat Pommes Rotkohl Zaziki Pellkartoffeln und Bohnen.
Ich richte alles auf Platten an und bringe sie an den Tisch. Thorsten und Heiko haben sich für diesen Abend in Anzüge gezwängt die Sakkos werden aber zum Essen über die Stühle gehängt. Die Mutter ist ganz klein und zart man kann kaum glauben dass sie solche Brocken auf die Welt gebracht hat.
Als ich ihr das Schollenfilet bringe schaut sie zu mir hoch.
– Mhm dat riescht aber jut ne sagt sie. Dann zupft sie am Kragen ihres lilafarbenen Kleides.
– So wie dat konnt isch bei der Arbeit net trahren der Jeruch der bleibt jarischtisch drin der jeht ja nimma raus ne.
Sie wiederholt das noch ein paar Mal sieht dann zweifelnd auf die Berge von Essen fragt sich wie sie das jemals bewältigen soll. Ich stelle mich hinter den Tresen und nehme einen Schluck Bier. Ich sehe wie die Brüder den Fisch und die Beilagen in winzige Stücke schneiden und die Frau füttern selber anfangen zu essen den vollen Mündern immer weiter Nachschub liefern mit Bier runterspülen und weiter ihr Fleisch und die Beilagen auf die Gabel häufen dass es nur so trieft.
Ich hoffe jemand geht vorbei sieht das und denkt sich das ist wie Zuhause.

Carolin Reeß
Dünne Haut (Textauszug)

In der Nacht, Köln Juni 2006

Leifs Angst kommt immer nachts. Sein Körper schreckt dann hoch und fällt wieder dumpf ins Kissen, bildet Spiralen, von der einen Seite zur anderen. Ich höre, wie er tief ausatmet. Sich am Leben hält, indem er die Angst mit der verbrauchten Luft ausstößt. Ich bin jedes Mal sofort wach. Spüre Leifs Kampf. Bleibe ganz still liegen und höre ihm zu, berühre tröstend seine Hand. Seine klammen Finger suchen sich den Weg um meine, harken sich fest, bis er mir wehtut und ich mich befreie. Leif rollt zu mir rüber, nimmt meinen Körper an sich, hält sich an ihm fest. Tut alles, um die Einsamkeit zu überwinden. Wenn er loslässt bleibt sein Schweiß an mir zurück. Mir ist, als wenn ich seinen Herzschlag spüre, als ob die Federn der Decke den Klang der einzelnen Schläge in sich aufnehmen und für mich speichern. Ich mache das Licht an, wir gehen in die Küche. Füllen Wasser in Gläser, öffnen Fenster, bleiben vor ihnen stehen. In allen anderen Häusern ist es dunkel. Kein Licht brennt. Das Gefühl, von den anderen getrennt zu sein, fängt uns ein. Jetzt kommt sie wieder, Leifs Angst, meine Angst. Früher waren die Nächte sicher. Heute sind die Nächte unsicher geworden und damit die Tage.

Die Ankunft, Juist Juni 2006

Im Gänsemarsch verlassen wir die Fähre, halten Ausschau nach Leifs Familie. Ich sehe sie zuerst. Alle sind gekommen. Oma Inge, Vater, Mutter, Jan und Gudrun, die Kinder. Eine kleine Gruppe von bunten Sommerjacken. Die Kinder hüpfen auf einem Bein um Gudrun herum, immer im Kreis, mal mit dem linken, mal mit dem rechten Bein. Die Gruppe wirkt nervös, sie suchen uns. Ich winke nicht, Leif winkt nicht. Wir warten, bis sie uns entdeckt haben, ihre Arme gleichzeitig in die Höhe schnellen und wilde Bewegungen ausführen. Mein Herz fühlt sich an wie eine Maschine, die im hundertstel Sekundenrhythmus Metallteile aus einer Platte stampft. Tapfer laufe ich der bunten Gruppe entgegen, aus der sich Leifs Mutter löst, auf uns zuläuft, immer schneller. Bis sie keuchend mit strahlendem Gesicht vor Leif steht, ihn an sich reißt, hinein in ihre Fülle, und »endlich« keucht, »endlich kommst du nach Hause«. Ich stehe daneben und frage mich, ob das hier wirklich Leifs Zuhause ist. Oder ob sein Zuhause nicht bei mir ist, in unserer Wohnung, in Köln. Dann schließt mich die Mutter in ihre Arme, drückt zu, gibt mich wieder frei. Frei für den Vater, die Oma, Jan und Gudrun. Der kleinen Sophia bohre ich meinen Finger in den Bauch, nenne sie Prinzessin, Engelchen, großes Mädchen, bis sie anfängt zu grinsen, die Starre von ihr abfällt. Max hängt schon lange an meinem rechten Bein.

Inzwischen hält die Mutter schon wieder Leifs Gesicht in ihren fleischigen Händen und studiert sorgenvoll jeden einzelnen Zug, als lese sie in einer Landkarte, die ihr den Weg zeigt. Leif befreit sich sanft aus ihrem Griff, ja, sagt er, die Fahrt war okay. Nein, nicht zu anstrengend. Etwas müde sei er schon, aber er kann sich ja gleich etwas ausruhen. Nein, er habe keine Schmerzen, fast keine. Er nehme ja Tabletten, starke Tabletten, von denen werde er auch immerzu müde. Ja, er freue sich auch. Nein, er wisse noch nicht, ob er bleibe, schließlich sei er doch grade erst angekommen. Leifs Vater unterbricht das Frage- und Antwortspiel von Mutter und Sohn, will wissen, in welchem Container unsere Rucksäcke sind. Wir haben die Nummer vergessen, warten ab, bis die Container fast leer sind, machen uns dann auf die Suche. Max findet die Rucksäcke als Erster, brüllt los, stolz, aufgeregt, als habe er einen Schatz gefunden. Der Vater hievt das Gepäck in einen hölzernen Bollerwagen. An der Seite ist ein Schild befestigt, trägt die Worte Pension Elvira. Der Vater bildet die Spitze, mit dem bepackten Bollerwagen läuft er los. Wehrt jede Hilfe ab, geht mit gekrümmtem Rücken, jeder Schritt unter Mühe. Er hat Leif nur kurz an sich gedrückt, kein Wort, nur ein stummer Blick. Leifs Mutter dagegen redet ohne Unterbrechung, den ganzen Weg lang, redet aufgeregt, redet an, gegen die Angst. Stellt Fragen, alle nacheinander, gibt Leif kaum Zeit, sie zu beantworten. Und immer wieder »gut, dass du nun Zuhause bist«, »jetzt bist du ja endlich da«. So als ob Leif hier bei ihr, hier in Juist, für immer in Sicherheit wäre. Als ob er seine Krankheit auf der Reise abgestreift hätte, auf der Überfahrt mit der Fähre in die See versenkt. Sie ist erleichtert. Für einen Moment erleichtert. Aber sie wird es bald merken. Leifs Anwesenheit kann ihr die Angst nicht nehmen. Sie ein bisschen kleiner machen, vielleicht, manchmal, aber die Angst, das Wissen, bleibt trotzdem. Unterdessen wehrt Leif die sorgenvollen Fragen ab, bemüht, sich freizuschaufeln, einfach anzukommen. Leifs Mutter wirft mir einen beleidigten Blick zu, erhält keine Unterstützung, keine Zustimmung von mir. Beschäftigt sich mit den Enkeln, kurz, um sich gleich wieder an Leif zu wenden. Es strengt ihn an, denke ich, es strengt uns an. Sich erklären müssen, für Worte, Gedanken, für Entscheidungen. Zuhause ist es einfacher. Dort sind unsere Gedanken einfach da, ohne jede Wertung. Wir wissen, wann Worte wichtig sind und wann nicht, wann einfach so dahingesagt, aus Trotz, schlechter Laune oder purer Boshaftigkeit. Wir lassen sie dann einfach, bis sie sich auflösen, oder wir lachen, lachen so lange, bis sie verschwinden. Ich werde mich umstellen, mich daran gewöhnen müssen, für die Zeit hier, in Juist.

Max hält mir einen grün schimmernden Käfer unter die Nase. Riech mal, sagt er. Aber ich rieche nichts. Überhaupt wusste ich gar nicht, dass Käfer riechen. Max riecht Waldmeister, sagt er jedenfalls. Weil er grün ist?, frage ich. Nein, weil der riecht, sagt Max. Sophia riecht auch nichts. Gudrun riecht den Waldmeister, den ihr Sohn riecht. Ich frage mich, tut sie nur so, oder riecht sie ihn wirklich? An der Kirchenmauer setzt Max den riechenden Käfer ab. Der stellt sich noch immer tot, keine Regung. Mit dem einsetzenden Glockenschlag der Kirche kommt Leben in seinen Körper, bringt er seine grüne Schale schnell in Sicherheit. Wir biegen an der Kirche in die belebte Mittelstraße ein, weichen Menschen auf Fahrrädern aus, biegen nochmals ab, dann wieder, bis wir vor der Pension Elvira stehen. Während Gudrun die farbigen Jacken der Kinder in dem engen Hausflur an die Garderobe hängt, steht Leif schon im Wohnzimmer vor dem großen Esstisch, auf ihm eine dunkelblaue große Tischdecke, darauf eine kleine, quadratische, hellblau. Oma Inge hat ihr bestes Geschirr auf ihm abgestellt. Tassen und Teller in weißblauem Porzellan, Löffel und Gabeln aus Silber, liebevoll angeordnet, in der Mitte ein Strauß orangefarbener und roter Tulpen. Mit einem goldgelben Butterkuchen kommt sie ins Wohnzimmer, stellt ihn auf den Tisch.

Leif bittet sie um Aufschub. Sagt, er ist müde, möchte sich kurz hinlegen. Drückt der enttäuschten, kleinen Oma einen Kuss auf die faltige Stirn und verschwindet nach oben, in sein altes Zimmer. Ich würde gerne mitgehen, aber er hat mich nicht gefragt, mich nur kurz angesehen. Jetzt stehe ich allein im Wohnzimmer, ohne Leif, mit seiner Familie. Alle sind plötzlich still, selbst die Kinder. Sophia sitzt auf Gudruns Schoß und schaut mich erwartungsvoll an. Ich ergreife den Rettungsanker, kündige den Kindern Geschenke an. Aber Gudrun hält die Kinder zurück, sagt nachher, nachher bekommt ihr die Geschenke, wir haben erst etwas Wichtiges zu besprechen.

Eine Hitzewelle durchläuft meinen Körper, schießt in meinen Kopf. Ich wünschte, Leif wäre jetzt hier, bei mir. Hätte mich nicht einfach stehen gelassen, mir diesen Moment überlassen, den Moment, vor dem sich alle fürchten.

Stimmt es Nele, ist es sicher, dass Leif sterben muss? Es ist der erste vollständige Satz von Leifs Vater, seit wir auf der Insel sind. Er spricht klar, ohne Schnörkel, bringt es auf den Punkt. Sieben Augenpaare suchen in meinem Gesicht. Suchen nach etwas, das ihnen Hoffnung gibt, an dem sie sich festhalten können. Aber mein Gesicht zerfällt, verliert vollständig die Fassung, krümmt sich zusammen, will sich nicht wieder beruhigen. Die sehnigen Arme von Oma Inge erreichen mich, umfassen mich, bis ich wieder sprechen kann. Alles aus mir herausströmt. Wörter reihen sich an Wörter, wie wenn sie nur darauf gewartet haben, befreit zu werden, sich mitteilen zu dürfen. Sie erzählen nochmals von Leifs Zusammenbruch, dieses Mal ganz genau, alles im Detail. Sie erzählen anders wie am Telefon, unbeherrschter, unterbrochen von abgehacktem Schluchzen. Erinnern sich an den Chefarzt, den Überbringer der Diagnose, an die Wochen danach, die angstvollen Nächte, den Therapeuten. Bahnen sich den Weg zu den mitgenommenen Zuhörern, setzen sich bei ihnen fest, in ihren Köpfen, ihren Herzen. Bis alle Worte draußen sind, ich leer bin, erleichtert.

Über Oma Inges Gesicht laufen die Tränen, Sophia und Max sind erstarrt, völlig verschreckt, Jan sitzt da, ernst, traurig. Seine

Mutter schluchzt laut, wird von dem Vater gehalten. Zum ersten Mal bin ich mit meinem Schmerz, meiner Angst nicht allein. Fühle mich in der Verlorenheit geborgen, für einen Moment, hier bei Leifs Familie.
Was hältst du von Leifs Entscheidung? Findest du es richtig? Jans kurze Sätze treffen mich unvorbereitet, unerwartet. Ich habe nicht damit gerechnet, nicht mit Zweifeln an Leifs Entscheidung, an unserer Entscheidung. Ärger bahnt sich den Weg durch meine Verzweiflung, nimmt immer mehr Raum ein. Ich konzentriere mich, mache mir klar, dass es Jans gutes Recht ist, diese Frage zu stellen. Dass ich sie mir selbst gestellt habe, immer wieder, manchmal sogar noch heute. Unsicherheit verdrängt den Ärger, lässt mich zögern, mit einer Antwort. Bis ich ja sage, ja, ich finde es richtig. Ihm von unseren Recherchen erzähle, möglichen Therapien, unterschiedlichen Meinungen, Patientenberichten, der Prognose des Chefarztes. Jan und den anderen erzähle, dass es eine Zeit von Hoffnung und Enttäuschung wäre, dass Leif sich dagegen entschieden hat, weil er nicht hoffen will, nicht enttäuscht werden will, immer wieder, um am Ende doch festzustellen, dass sein Tod unausweichlich ist, vielleicht aufschiebbar, ein bisschen, wenn überhaupt, so hat der Chefarzt gesagt. Dabei kann ich es sehen, das Misstrauen, die Ungläubigkeit in den Gesichtern. Ein Spiegel meiner eigenen Gefühle in der ersten Zeit nach der Diagnose. Es hilft ihnen nicht, denke ich, meine Erklärungen helfen nichts, sie müssen selber recherchieren, mit Ärzten sprechen, sich ein Bild machen, um Leifs Entscheidung zu verstehen.

Am Abend der Ankunft, Juist Juni 2006

Leif hat die dünne Sommerdecke wie einen Kokon um seinen Körper gesponnen. Liegt da mit verschränkten Beinen und geschlossenen Augen, müde, erschöpft, von der Reise, seiner Familie, dem Weinen der Mutter. Die Haut im Gesicht spannt sich hart um seine kantigen Wangenknochen, das Kinn läuft spitz zu. Ich lasse die Tür ins Schloss fallen, laut, er rührt sich nicht, bleibt vollkommen unbeweglich. Seine Starre erschreckt mich, ich rufe Leif!, Leif!!, rüttle an seinem Körper. Er öffnet die Augen, verärgert, verständnislos, mitten aus der Entspannung gerissen. Ich hab mich zu Tode erschrocken, sage ich, wie du so daliegst, so starr, das ist unheimlich. Er lacht, zieht mich zu sich ins Bett. Sagt, mein Dummerchen, das musst du doch nicht, bin doch da. Ja, denke ich, noch, noch bist du da. Aber irgendwann sehe ich dich, so wie grade, und dann hilft es nichts, an dir zu rütteln, dann wirst du nicht lachen, mich nicht zu dir ziehen.

Ich presse meinen Körper sehnsüchtig an Leifs warme Haut, nehme die wohltuende Wärme in mich auf, lasse sie durch jede einzelne Pore gleiten, die Gedanken entfernen sich. Treibe immer tiefer in Leifs Wärme hinein, klammere mich an ihn, an seine Küsse, seine flaumigen Haare. Atme seinen zarten Geruch, spüre seine Arme, die meinen Körper umfassen, kräftig, ganz nah. Kann sie fühlen, die Liebe, die Lust in ihnen, die sich entlädt, in langen warmen Strichen, auf meinem Körper. Bis sich seine Hände Zutritt verschaffen, zu mir, mich einfach zu sich holen und meine Einsamkeit für einen Augenblick fortjagen.

Der Streit, Juist Juli 2006

Der Platz im Bett neben mir ist leer und kalt, Leif ist wach, unten bei der Mutter. Auf dem Weg zur Toilette höre ich ihre Stimmen. Leif klingt forsch, ärgerlich, die Stimme seiner Mutter überschlägt sich, wird schrill, begleitet von einzelnen Schluchzern. Sie streiten, denke ich, kreisen immer um dasselbe Thema, seit wir hier sind, auf der Insel.

Du hast dich einfach aufgegeben, klagt Leifs Mutter laut. Nein, Mama, Leifs Stimme klingt gepresst, fast verzweifelt, ich habe mich nicht aufgegeben. Im Gegenteil, ich habe mich für das Leben entschieden. Verstehst du das denn nicht? Die Mutter fällt ihm ins Wort, schneidet ihn ab. Für das Leben? Du lehnst jegliche Therapie ab, überhaupt jeden Versuch. Da kannst du doch nicht behaupten, du hast dich für das Leben entschieden. Leif antwortet konzentriert, beschwörend. Du willst es einfach nicht begreifen. Eine Therapie wird mich nicht retten, mir vielleicht, wenn überhaupt, ein paar Tage mehr schenken. Der scharfe Klang der Stimme ruft mir Leifs Gesicht in Erinnerung. Ich sehe ihn, angespannt, die Ader an seiner Stirn geschwollen, die Hände ineinander verknotet. Mein Bild wird zerrissen, von der Stimme der Mutter, hell, sich überschlagend. Ja und, ist das etwa nichts? Jetzt zählt doch jeder Tag! Es gibt Menschen, die trotz tödlicher Diagnose noch viele Jahre leben. Ich möchte doch nur, dass du noch eine weitere Meinung einholst.

Es dauert einen Moment, bis die einsetzende Stille bei mir ankommt, mich in eine Warteposition bringt, mit der ich nicht gerechnet habe. Die Stimme von Leifs Mutter, traurig, leise, reißt mich wieder aus ihr heraus. Kannst du nicht verstehen, dass es mir das Herz zerreißt? Du bist doch mein Junge, ich hab dich großgezogen und jetzt soll ich dich einfach aufgeben? Unten ist es jetzt wieder ruhig, ich höre nichts mehr. Der Kloß in meinem Hals wird immer größer. Ich muss mich anstrengen, Leif zu verstehen. Ich weiß. Meinst du mir fällt es leicht? Es fällt uns allen schwer. Schau doch nur mal Nele an, oder Vater. Aber die beiden respektieren meine Entscheidung. Du machst mir den Abschied nur noch schwerer. Ihr abgehacktes Schluchzen dringt bis zu mir. Es dauert, bis sie sich fängt, wieder sprechen kann. Ich mache dir also den Abschied schwer, ja? Ich finde, du machst dir den Abschied zu leicht. Du kannst doch nicht erwarten, dass ich deine Entscheidung einfach so respektiere. Die Hände in den Schoß lege und zusehe, wie du stirbst. Ich erwarte es aber Mama! Leifs Stimme klingt kompromisslos, angestrengt. Löst Sorge in mir aus, Sorge um Leif. Sie strengt ihn an, raubt ihm seine Kraft, das darf nicht, sein, ich muss mit ihr reden. Da höre ich ihr Schreien, verzweifelt, ein anhaltender hoher Ton. Das kannst du nicht, Leif! Ich bin deine Mutter! Ich gebe dich nicht auf! Ich erschrecke mich, als ich Leif höre, er schreit zurück, legt alle Ohnmacht und Wut in den Schrei. Der schwillt an, langsam, mit jedem Wort, endet in einem vibrierenden Klang. Du musst aber. Es wird dir nichts anders übrig bleiben. Ich sterbe, verstehst du, ich s t e r b e! Ich höre, wie ein Stuhl beiseitegeschoben wird, harte Tritte auf Holz, eine Tür knallt ins Schloss.

Leif, denke ich, Leif, wo willst du hin. Ich nehme die Treppe nach unten, immer zwei Stufen auf einmal. Da steht sie mir gegenüber, Leifs Mutter, mit verquollenen Augen, völlig aufgelöst, schaut mich an, hilflos. Ich sage, ich habe zugehört, euren Streit gehört, oben im Flur. Nehme ihre Hand, ziehe sie nach unten, setze mich mit ihr auf eine Treppenstufe. Es bringt nichts, sage ich, du kämpfst gegen Leif an, du kostest ihn Kraft, zu viel Kraft.

Du musst dich daran gewöhnen, gewöhnen, an den Gedanken, nichts tun zu können, Leif beim Sterben zuzuschauen. Die Ohnmacht annehmen, die Angst, die Wut. Du hilfst Leif nicht, sage ich, und dir auch nicht, wenn du seinen Abschied verweigerst, ins Leere ankämpfst. Und was dann, höre ich meine feste Stimme sagen, dann stehst du da, wenn es so weit ist, und hast den Abschied verpasst. Leifs Mutter schaut mich an, mit einem klaren ruhigen Blick, als ob sie mich noch nie gesehen hätte, wir uns zum ersten Mal begegnen. Noch auf dem Weg nach oben spüre ich sie, ihre Augen auf meinem müden Körper.

Andre Rudolph
Gedichte

wie der fluss unterm sternen-
        himmel die schwellen abwärts

stürzt; jetzt versucht er mit
        schamlosigkeiten zu erzwingen, was

er durch sprache und intuition nicht
        mehr zustandebringt: schönheit. (sela!)

die aufgesprungnen lippen
        des märz; das feuchte braun

der noch geschlossnen knospen. –
        das berechnete licht dieses abends:

mit einer einzigen silbermünze
        will der mond unsre seelen freikaufen

(gott wirft sie oben in den
        schlitz: wir beginnen zu tanzen)

unsre worte waren eiswürfel.
                        wir warfen sie in coctailgläser.

sie klirrten. die luft war klar
                    wie in gedanken an ritter.

der rohrzucker, in dem sie
                    fielen, war nicht das meer.

wir wurden getroffen. als das
                    gespräch bereits meinte, uns

lange zu kennen, zeigte sich:
                    unsre strohhalme waren lanzen,

durch ihre adern liefen cola
                    und rum. (dj's waren zugegen.) spät

drehten wir die limetten-
                    scheiben auf stumm. *cuba libre*

von manchen schneewittchen
        geht ein feines knistern aus,

wenn sie erröten; wir erröten
        dann auch. an den sonnigen

vormittagen befahren forst-
        arbeiter das stille kontinuum unsrer

obsessionen; *die so weiß sind wie schnee*
        denken an damals,

täglich messen sie den stand des
        sickerwassers in den bärenspuren

der jeeps; alles aber friedlich.
        leichter sprühregen (wie

kalkstaub) am mittag; abends
        schimmerndes kupferoxid der wiesen

das hügelland (innen):
      von dem einen ende des himmels

zum andern marschiert das sol-
      datische licht; wenig aussichten

(derzeit) auf eine friedliche nutzung
      der umliegenden wiesen (innen);

die vor einigen tagen hier aus
      der luft abgeworfnen maulwürfe

haben sich in ihren stellungen
      eingegraben und warten ab. (sicher

wissen sie inzwischen alles
      über uns.) – wir installieren unsre

abhöranlagen unweit, am fluss.
      es rauscht. wir lauschen

            (rauschen)

(fernbahn.) feldforschung im
          februar: taoistische brache. nichts, das

die bedürfnislosigkeit des be-
          trachters markiert. nur einige

wenige, wütend aus der kahlen erde
          heraufgezogne, naiv hingestellte hoch-

spannungsmasten. »das auf-
          gerichtete begehren.« – natürlich! das

massiv hingestellte stabile (das
          verstromte begehren). *ich weiß.*

die scheinbare gleichgültigkeit
          der fahrkarten nach ihrer entwertung. –

chiffrierte felder. die auf den mit-
          reisenden aufgestempelten daten

wir rücken die hellen segel
             unsrer tage in den horizont der plan-

barkeit ein, aber hier lässt sich
             nichts planen; der horizont oszilliert,

der horizont ist ein riesling *in love*. hin-
             reißend schön, mit einer nachsicht,

die perlt, spielt er seinen part in
             den billigen streifen, die wir abdrehn;

schlechtes kino (wie so oft). – sieh doch:
             einzelne pärchen lösen sich vom

grund ab und steigen, leuchtend, randvoll mit
             fein moussierenden sekunden; – »ja,

vielen schmeckt er, der leichte,
             ausgewogne riesling unsrer tage.«

schneewittchen in flüssig-
             kristall, vor und nach dem fall; –

sie müssen noch das eis im
             kühlschrank aufessen und

ihre thermoskann' befülln,
             (für alles kennen sie ein letztes

mal); – nochmal zum waldrand,
             dort sind die jungs mit den

caps, mit den sandstrahlern (»oh die
             schwarzen spinnenaugen der beats«); –

s. aber mit spinnenangst! aber
             so schön, in flüssigkristall ge-

bettet. wir sehn sie atmen. *herzchen.*

             (reiche kontraste. auflösung optimal)

sonne über platons haus, wo es
     lange still ist, bis eine von den hohlen

nachmittagsstunden plötzlich auf-
     platzt. sonne, wie nektar. kinder

kommen. kinder, duftende, wie
     eine frisch verbundene wunde. die

papas tasche tragen (stolz).
     kinder aus messing, die klinken.

kaum schriftverkehr; platon legt
     das haus mit fliesen aus. – stille

in den fugen um papas sätze.
     kein schatten erhebt sich. kinder

wie lampen, in eine probefassung
     geschraubt. sie leuchten.

                    platons nächte

persönlichkeitstraining mit nacht-
    linsen, meine lieben (»scharf sehen!«):

oh je, wie ausdruckslos jetzt
          die bestellten flüssigkeiten in den

seelen stehen, in der schalen hälfte
          der nacht, unter uns, in dieser klassischen

stehtischsituation, in der wir ein-
          ander unausgesetzt (und nahezu

angstfrei) begegnen. – ergebniskontrolle:
          1) *beschreiben sie ihre erfahrungen mit*

den neuen kontaktschalen. 2) wie ab-
          sichtslos ist jene süße der körper, die an

mandeln denken lässt, tatsächlich?
          3) lösen wir einander wirklich aus?

apokalypse mit amseln: im
     ranghohen, frühsommerlichen licht

die leichten, metallischen frauen
     tragen ihre körper wie waffen;

späte schwere männer fallen
     ins gewicht. – ausatmen. (ausatmen.)

amseln wie dunkle blüten,
     sechzehnjährige mädchen wie

junge schwerter; sie haben uns
     erwartet. wir erkennen sie nicht.

die mitte *bleibt* leer. die
     gespannten sinne finden sich

in ihren bogen. schwere amselgeschosse.

     sirenen nicht. eher indianisches licht

Gregor Runge
Schlafen

Auf Jakobs Lippen krabbelt eine Fliege. Er rührt sich nicht, sie zu verscheuchen. Die Vorhänge wehen. Etwas rückt näher. Im Wetterbericht ist von einem Tiefdruckgebiet die Rede. Soll, solange es möglich bleibt, derselbe Wind durch das Haus wehen wie um die Äste der Apfelbäume im Garten, wie durch die knöchelhohen Grashalme, deren niedriger Stand mich daran erinnert, wie Jakob zu sensen begann. Warme Winde ziehen um das Haus, in dem ich lebe, allein und doch nicht allein, aber ganz ohne Rat. Die Tage werden kürzer. Ich spüre eine jede Minute, da die Sonne früher zu sinken beginnt, über den Wipfeln des Waldes. Insekten schwirren im Zwielicht zwischen den Kieferstämmen, träger als früher noch im Jahr, wie in einer leichten Flüssigkeit. Zahllose Uhren füllen meinen Körper. Ein ohrenbetäubendes Ticken, wild und ewig gleich, lässt mich nicht vergessen. Die Wiese hinterm Haus wird weiterwachsen und ich werde mich nicht darum scheren. Ich öffne die Fenster des Hauses. Ich öffne die Türen. Ich lasse ein die Regungen des später Sommers. Was ich aussperre, das ist das Licht, denn noch ist Jakob bei mir. Ich will ihn gewöhnen, woran sich zu gewöhnen vielleicht möglich ist. Die Vorhänge wehen. Etwas rückt näher.

Als der Sommer vor wenigen Tagen noch einmal mit einer unerwarteten Hitzewelle über uns hereinbrach und die ersten Herbsttage vergessen ließ, holte Jakob die Sense aus der Scheune. Aber er konnte sich der schweren Arbeit nicht annehmen, er war noch schwächer als ich. An die Scheunenwand gelehnt, ließ er die Sense stehen, als sichtbare Erinnerung an eine noch auszuführende Arbeit. Die Wiese im Apfelgarten stand hüfthoch, der Gang durch unsere kleine Plantage war längst überwuchert, unsere Spaziergänge hatten wir aufgegeben, unsere Lesestunden eingestellt unter den Bäumen. Ein Meer von Gras durchquert sich nicht leichten Fußes. Die Beine wurden immer rascher schwer und die müden

Augen kamen unserer Neugier beim Lesen kaum noch nach. Jakob verbrachte die Zeit zumeist schlafend. Oft lag ich neben ihm, mit wachsamen Ohren, das Telefon in der Reichweite eines schnellen Handgriffs. Immer brauchte Jakob einige Zeit, wieder zurückzufinden aus seinen Träumen, deren unsichtbares, zweifelhaftes Spiel seine bewegten Hände im Schlaf und der sich wandelnde Ausdruck seines Gesichts erahnen ließen. Immer bevor Jakob erwachte, schlich ich mich davon. Ich weiß, er hätte mich ausgelacht, meiner sinnlosen Sorgen wegen, mein zahnloser Jakob.

Vielleicht hätte ich die Sense aus der Scheune holen sollen. Vielleicht wäre es mir mit ein wenig Übung möglich gewesen, die aufschießende Wiese niederzumähen. Aber das Mähen der Wiese war seit je Jakobs Aufgabe gewesen, die ich nicht mit dem gleichen Geschick, der gleichen Gründlichkeit hätte ausführen können. Zudem hätte ich ihn beleidigt, so wie er mich beleidigt hätte, hätte er sich mit seinen großen Händen an meine Pflanzen gewagt. Womöglich hätte Jakob tagelang nicht mehr mit mir geredet. Spätestens, wenn er aus dem Schlafzimmer getreten wäre und den ohne sein Zutun veränderten Wiesenstand bemerkt hätte, wäre er verstummt, aus Verärgerung darüber, dass ich ihm die seit je in seinen Verantwortungsbereich fallende Aufgabe einfach abgenommen hätte. Ich hatte Angst, in den vergangenen Jahren immer wieder, es könnte das letzte Mal gewesen sein, dass ich Jakob reden gehört haben würde, wenn er zu schweigen begann, eines nichtigen, alltäglichen Anlasses wegen. Im Schweigen konnte er unerbittlich sein. Das Unvermeidliche, schon viel zu lange hatte ich es nicht mehr vergessen, nicht für einen Tag, nicht für eine Stunde. Jeden Gedanken trübte es ein, jedes Bild durchdrang es mit Vergeblichkeit. Der schmelzende Schnee im Frühjahr, die knospenden Bäume, der Blütenregen bei starkem Wind. Das Ticken der Uhren, die Furcht vor einem jeden neuen Tag, einer jeden Nacht, in der wir getrennt sein würden im Schlaf. Also ließ ich die Wiese stehen und ging nicht mehr in den Apfelgarten.

Als der Sommer noch einmal über uns hereinbrach, vor wenigen Tagen, stand die Wiese im Apfelgarten hüfthoch. Alles wuchs und gedieh. Der Boden war satt wie immer, die Äpfel waren groß geworden, sauer und so mehlig wie in jedem Jahr.

In den ersten warmen Frühlingstagen der vergangenen Jahre hatten Jakob und ich Most und Mus aus den Erträgen des vorangegangenen Herbstes an einem kleinen Stand an der Bundesstraße verkauft. Wir trugen Tisch und Campingstühle den langen Weg zu unserem angestammten Platz in der Nähe des Sees. Wir ließen uns den ganzen Tag Zeit, uns im kühlen Schatten von den Strapazen zu erholen. Gelegentlich verkauften wir etwas. Wenn nicht, es war uns egal. Abends gingen wir nach Hause. Der Schlaf überwältigte uns.

In diesem Frühling sind wir nicht gegangen. Die üppige Ernte haben Fremde geholt. Ein Schild an der Dorfeinfahrt hat sie zu uns geführt, eines Nachmittags habe ich es hastig aufgestellt, als Jakob schlief. In einem funkelnden Wagen, an den ein kleiner Hänger gekoppelt war, fuhren die Fremden vor. Wir brachten den quengelnden, durstigen Kindern eine Flasche Most vom letzten Jahr und warnten sie vor seiner durchschlagenden Kraft. Bis die Eltern die Äpfel verladen hatten, schlugen sich die Kinder in die Büsche. Wir hörten ihre Schreie, als sie die Brennnesseln stachen.

Als Jakob die Sense aus der Scheune holte, war er früher als gewöhnlich aufgestanden. Ich hatte den Hühnern Korn in das Geviert gestreut und war mit den Stauden beschäftigt, die wild über den Zaun des Grundstücks schlugen, als Jakob vor die Haustür trat und mit geschlossenen Augen stehen blieb, die Arme über den Kopf hob und sich streckte. Ein tiefes Geräusch drang aus seinem Brustkorb, ein langes, enges Atmen. Es ist an der Zeit, sagte er, es ist lang schon überfällig. Er ging auf das Scheunentor zu, öffnete es und trat hinein. Die Dunkelheit schluckte seinen zerbrechlichen Körper, seine blasse Haut, die kaum noch Farbe annahm, ganz anders als früher, wenn die ersten Sonnenstrahlen ihm die Sommersprossen auf die Haut schießen ließen. Jetzt waren es keine Sommersprossen mehr, jetzt waren es Flecken, ganzjährig und Zeichen von etwas anderem. Ich hörte das Geräusch aneinanderschlagenden Metalls, das Rascheln von Plastik und das langsame Scharren von Jakobs Schuhen. Dann wurde es still. Ich war in Sorge und stach mit dem Messer in meinen Finger, ließ es auf das Beet fallen und lief zur Scheune, atemlos. Aber Jakob stand nur reglos da und sah zum Heuschober hinauf,

auf dem kieloben das grün lackierte Ruderboot lag, staubig und verdreckt. Das wird was, sagte Jakob, das wird wirklich allerhand. Er griff nach der Sense, die an der Scheunenwand lehnte, nahm den Schleifstein aus der Schlinge, die an einem in der Wand befestigten Haken hing und ging hinaus. In der Sonne glänzte das stumpfe Metall und ich hielt mir die Ohren zu, als Jakob zu schleifen begann. Das Geräusch drang dennoch tief, bis in meinen müden, besorgten Kopf, bis in die Mitte meiner Angst. Später lehnte die Sense an der Wand. Jakob war zu müde geworden, um zu sensen.

Wir werden keine Äpfel mehr von den Bäumen pflücken und ich wehre mich dagegen, den Stimmen zu gehorchen, die es mir jetzt schon auferlegen wollen, aus Vernunft und Ordnungswut, das nach der Ernte noch verbliebene, vom Wind heruntergeschüttelte Fallobst aus dem Gras zu klauben, das braun und faltig, von Fliegen und Maden bewohnt, den Boden übersäen wird, irgendwann in naher Zukunft. Sollen Bäume aus ihnen wachsen, neue, junge Bäume, die die alten mit starken Stämmen aus dem Boden hebeln, den Ort zu einem anderen machen, in vielen, vielen Jahren.

Ich öffne die Fenster des Hauses in allen Stockwerken. Ich öffne das Küchenfenster, die Kellerlichte, die Fenster von Wohn- und Schlafzimmer und schließe, wo es nur geht, die Läden. Ich öffne die Türen und befestige Vorhänge an den Türrahmen. Jakob ist bei mir. Ich will ihn gewöhnen, woran sich zu gewöhnen vielleicht möglich ist. Noch hat man mir Jakob gelassen, noch kann ich tun mit ihm, was ich will. Bevor die Sonne untergeht und die Dunkelheit zwischen den Kieferstämmen des Waldes, der das Grundstück begrenzt, für einen kurzen Moment in ein seltsames Zwielicht taucht, ruft ein Vogel sein Lied. Nach dem Sonnenuntergang höre ich das erste Mal in diesem Jahr das Käuzchen schreien. Verspätet, vielleicht, ich weiß es nicht. Kiwitt, kiwitt, komm mit, komm mit. Möglich auch, zu wünschen sogar, es ruft nun mich.

Jakob sah mich nicht an. Mit seinen großen Händen schliff er ein weiteres Mal die Sense, die tagelang an der Scheunenwand gelehnt hatte und schlich, das in die Fassade des Hauses eingelassene Geländer umklammernd, die Steintreppe in den Garten hinab. In der Küche öffnete ich das Fenster. Immer wieder sah ich zu ihm hinaus in den Garten. Die regelmäßige Drehung seines Körpers im Gegenlicht, das hin und wieder aufblitzende Metall der geschliffenen Klinge, das kaum hörbare Geräusch des Schnittes ins schon trockene Gras. Alles erinnerte an die nun schon so alt gewordenen, jüngeren Tage. Aber an diesem Tag war die Zeit, die verging, eine andere. Gleichmütig lauschte ich dem Klappern des Deckels auf dem Topf, in dem das Wasser kochte. Jakob senste den ganzen Vormittag. Manchmal sah ich ihn im Schatten des größten Baumes stehen, Hände und Kinn auf den Sensenschaft gestützt. Jakob!, rief ich ihm zu, wenn er ruhte. Aber er hörte mich nicht. Ich bereitete das Essen. Noch immer aß Jakob gut.

In die verbliebene Insel hüfthohen Grases um den größten Baum herum muss er gefallen sein, als ich es nicht sah. Vielleicht hatte er sich hingelegt für einen kurzen Schlaf. Seine Augen waren geschlossen, als ich ihn fand, und seine Beine, die ihn nun nicht mehr trugen, hatte er an den Oberkörper gezogen. Schon so lange war es ihm nicht mehr möglich gewesen, der starrenden Gelenke wegen, in dieser Haltung zu ruhen. Ich brachte ihn ins Haus. Er war leichter als gedacht.

Im Haus ist es jetzt kühler, die Sonne scheint nicht mehr. Es regnet feine Tröpfchen. Die Landschaft drückt um das Haus, der Wald scheint näherzurücken. Wie anders alles klingt, seit das Schlurfen von Jakobs Schritten nicht mehr zu hören ist. Ich habe vergessen, die Hühner zu füttern, weil ich nach dem Aufstehen ununterbrochen bei Jakob saß, die Fliegen, deren Anwesenheit ich nicht ertrug, aus seinem Gesicht zu vertreiben. Ein Habicht ist in das Geviert gestürzt und hat sich die schönste Henne genommen. Ich habe am Fenster gestanden und regungslos zugesehen, als der sich nähernde, schwarze Punkt am Himmel größer und größer wurde und dann, ein pfeilschnelles Knäuel Federn, mit angezogenen Flügeln zu Boden stürzte. Ich hörte das Rascheln und die aufgeregten Schreie der Henne. Den Kadaver habe ich noch immer nicht fort geschafft, hol ihn der Fuchs. Vormittags haben uns die Nachbarin und der Bürgermeister ihren allwöchentlichen Besuch abgestattet. Nur mit Mühe und Not konnte ich sie davon überzeugen, dass Jakob nicht zu sprechen sei. Er schläft, sagte ich, und bot ihnen nicht, wie sonst, Kaffee und Kuchen an. Ich habe die Fenster und Türen wieder geschlossen. Ich will niemanden sehen und ich will, dass niemand Jakob sieht, dass niemand von Jakob weiß. Auch will ich nicht beschwichtigt werden. Auch weiß ich, dass Jakob nichts von all dem Aufhebens hielte. Seine Gleichgültigkeit tröstet mich.

Jetzt, gegen Abend, wird die Stille bedrohlich. Ich lege mich neben Jakob und wärme seine Hand. Ich höre den Wald näher kommen. Ich kann hier nicht bleiben, mit Jakob, in Jakobs Zustand. Bald werden sie es wissen. Ich durchwache die Nacht.

Was ich von Jakob nehmen kann: eine Haarsträhne, einen Finger, den ich abtrenne mit dem Messer, vorsichtig und sauber. Die Wunde bandagiere ich.

Ich schließe die Türen und Fenster zum Haus. Ich öffne das Gatter zum Geviert. Die Uhren werden leiser. Etwas rückt ab. Soll meine Zeit eine andere sein. So weit ich komme, so weit gehe ich.

Sara Magdalena Schüller
Bauflucht

eure Scheißwelt ist mir zu klein eure Scheißwelt
Wenn sie auf dem Weg zum Trapez ist, überfällt sie Sehnsucht nach einem Stillstand. Nicht an diesen Stangen baumeln, sondern eine feste Figur bilden, die nichts weiter verlangt, als gesehen und für schön befunden zu werden.
hol Schwung und einmal Luft und weiter und noch mal und dann das war gut und shit na merkt keiner und wieso zieht sich das so loslassen ohne durchzuhängen Bauch anspannen wo ist denn das andere Seil und ja und bloß jetzt nicht zu langsam und höher fuck das geht doch höher
Miriam und Paul, das ist nichts für Miriam, nur, das merkt sie nicht, das merkt Paul, und Paul macht der Beziehung ein Ende, das sich gewaschen hat, und Miriam lackiert sich die Unterarme, so ein Rot haste selten gesehen, nur gesehen hat's keiner, sie hat's sich ja auch nur vorgestellt, sie weiß gerade nicht mal, ob sie sich Paul vielleicht auch nur vorgestellt hat, wenn sie was hasst, dann nämlich schweinische Gedanken ohne einen Zuschauer, wieso sollte sie sich also nicht Paul dazu nehmen, der die rote Farbe aufleckt und ihr mit der roten Zunge die Augenbrauen nachfährt, in Gedanken verloren fühlt sie sich eigentlich nicht, eher verdammt sicher in den Lackierszenarien.
jetzt noch ein guter Abgang und dann eine kleine Pirouette zum Abschluss und Verbeugung kriegt ihr auch noch und wer schreit da so und Lächeln bis in die verschwitzten Achseln hinauf in die letzte Reihe ihr werdet mich noch oft sehen können ich hab mein Leben aufstehen scheiße merkt doch keiner den kleinen Knick ich knick doch vor euch Arschlöchern nicht ein vor eurem Popcorn Mann das ist Kunst keine fucking Pommesbude aber ihr ihr versteht mich ja in euren Träumen werde ich euch noch mal so zuwinken so hab ich auch
Und Miriam schwitzt und versucht, mit ihren Fingern irgendwie eine Befriedigung an Land zu zerren, an ihr Schamland, und

sie fragt sich, wie andere diese hohe Konzentration auf ihren eigenen Körper aufbringen können, ohne abgelenkt zu werden.

wenn ich wenigstens so riechen könnte wie er gerochen hat und mich so ansehen nee nee jetzt fahr ich erst mal weg nee nee jetzt mach ich erst mal meine Ausbildung nee nee ich werde und nee nee jetzt zeichne ich erst mal und nee nee jetzt geh ich erst mal aufs Konzert und nee nee wieso eigentlich überhaupt jemanden abwarten wenn ich alles raussauge was geht muss das doch wie bei der Wiesenblume sein die erst süß schmeckt und dann farblos wird

Miriam schreibt, obwohl sie den Finger in ihrer Vagina vergraben hat, na ja vergraben ist vielleicht zu gemütlich, eher eingehängt. Sie schreibt im Kopf den langen Brief. Alles, was Miriam in die Finger bekommen hat, dreht sie nun durch diesen inneren Wolf. Dass Leute nie ihren Ort verlassen und trotzdem glücklich werden können, das hat sie beeindruckt, und weil sie eh nichts Besseres zu tun hat, weil sie angekotzt davon ist, dass sie weiß, was sie gerne hätte, aber nicht weiß, wie sie in diese Geschichten reinpassen soll, schreibt sie jetzt diesen Brief, der aber selten seine Niederschrift auf tatsächlichem Papier findet.

irgendwas das man nachholen will ohne es bei anderen abgekupfert zu haben

Miriam fängt an zu schreiben, wie in einem Brief beginnt sie mit »Lieber«, dann nimmt sie zwei Stifte und zeichnet die Linien nach. Mit einem Blaustift die Venen, mit einem rosa Stift die Arterien, denkt sie und schreibt dann keinen Namen, sondern erinnert sich.

jetzt versuch's doch wenigstens mal everybody is doing it so why can't I aber es ist nur langweilig macht mich traurig und wirft mich auf mich selbst zurück überhaupt nichts was über mich hinausgeht kein

Sie duscht und lächelt. Ob es das ist, ob es das sein soll, ob es das bleiben wird. Sie geht hinaus und nimmt sich ein Taxi, heute fühlt sie sich nicht sicher beim Gehen. Sie zahlt und fragt dann, wie viel es zum Hafen kosten würde, nur so, falls sie mal darauf zurückkommen möchte.

ich fand aber kein Argument nur einen Stuhl den nicht mal ich sondern du umgestoßen hattest und wäre sein Abdruck in dem Teppich geblieben hätte ich ihn statt meiner Haut lackiert

Nach zwei Jahren, mehr oder weniger, wollte sie die Stadt besuchen und obwohl sie sie nicht kannte und im Nachhinein immer dazu sagen würde, in welchem Alter sie sich ausgemalt hatte, das wäre ihre Stadt, ist sie verdammt neugierig, wie Hamburg denn tatsächlich ist, und sie läuft rum und weiß, dass sie nicht nur wegen der Hafenanlage und den Portugiesen hier ist oder sich freut.

Paul ich konnte dir nie einen Spitznamen geben aber die sind wichtig bei mir haben alle Spitznamen ich vorneweg ich konnte dich mal so und mal so nennen und dabei hab ich mich nie wohlgefühlt irgendwie war da immer ein Missklang ein Aberglauben dir gar nicht nah sein zu können wenn ich nicht den richtigen Namen finde

Sie zieht dann erstmal, wie sie sich das gewünscht hatte, den Meer- und wahrscheinlich Fisch- und Tankgeruch durch die Nase, lässt das Rauchen sein und fragt dreimal nach der Adresse und steht, nein irrt und flirrt dann vor dem Tor zur Schule und sieht sich die Leute an, die man ja nicht als normale Studenten bezeichnen kann, hier also

präzise oder sezierend oder wütend oder fordernd Mann das soll nur ein Abgesang sein soll ich jetzt Totenbilder malen soll ich Tränen auf Tonpapier tropfen

Miriam wählt gedankenlos eine Telefonnummer, sie denkt an eine Filmszene, die erschreckende Ähnlichkeit hat mit ihrer eigenen Angst, aufzuhören zu atmen, wenn sie nicht aufpasst, so wie sie beim Fliegen aufpassen muss, damit sie nicht alle abstürzen, und wählt die erste und wie sich rausstellt, wenn man das so sagen kann, falsche Nummer, denn sie hört tatsächlich Pauls Stimme, zwar nur die des ABs, aber ein halbes Jahr, nachdem sie sich das letzte Mal irgendwie Mut angetrunken, romantisch vorgestellt hat, ihn wenigstens atmen zu hören, und dann alles, wenn man das so sagen kann, nach hinten losging, weil sie eine Frauenstimme im Hintergrund hörte, und Paul zwar keinen Hehl daraus gemacht hatte, als, ja scheiße das kann man so sagen, sie verlassen hatte, dass er vögeln wollte und würde, ist es, auch jetzt noch, ein Meteorit, der im Kreislauf verglüht und seine Brandspur durch ihren Brustkorb zieht, und sie stellt fest, dass sie zumindest sicher sein kann, dass ihr Körper auch ohne sie weiteratmet.

sieht gar nicht so schlecht aus da kann man beim Portugiesen einen Kaffee trinken und erstmal rein das Sekretariat ich möchte mich über das Kunststudium informieren scheiße klingt das nach Füßescharren danke aber das hab ich schon ich hab auch schon Ihre Internetseite gecheckt da gibt's doch

Sie versucht es nicht weiter. Auch der hellblaue Vibrator, den sie sich hat schenken lassen, half nichts. Also, dann muss es doch die Liebe retten, und Miriam geht mit steifen Beinen und kalten Händen raus – sie hat keinen Balkon – und sperrt ihr Fahrrad auf, um zum Bahnhof zu fahren. Vielleicht kauft sie sich neue Farben, aber wenn sie nun doch nichts weiter als Seidenmalerei macht –

meine Güte und aber der Bau Mann diese roten Ziegel beruhigen mich und auf was soll ich mich sonst verlassen außer auf die Architektur hier ich hätt gern einen Espresso bitte und einen Heiratsantrag damit ich hierbleiben darf und nicht mehr nach Hause in diese klamme Stube fahren muss wo sich nur Türme befinden holes in the wind hätt ich gern gesagt danke kann ich gleich zahlen ich hab's nicht im Gefühl ich hab's in den Oberschenkeln das soll es jetzt erstmal sein und wenn's 'ne Flucht ist dann wenigstens mit einer klaren Ortsniederlassung

Von der einen oder der anderen Seite der Schnarcher bleibt gleich laut –

wenn der nicht sofort aufhört das muss doch auch die andern verrückt machen ich kann jetzt nicht noch mal aufs Klo oder rauchen dieses blöde fuck ich muss morgen doch funktionieren ich will endlich bloß nix vermasseln wenn ich's vermassel mach ich dich fertig du

Dass sie weggeht aus der Stadt, in der sie angefangen hatte als Kunstgeschichtsstudentin, ergibt sich organisch für sie, weniger spektakulär, als es womöglich für ihre Eltern und Freunde ist, die kürzlich ihre Wohnungstür aufgebrochen haben, was Miriam ja schon wieder rührend fand, wenngleich sie sich den Rest hätten schenken können. Sie will jetzt eigentlich nur mit einer lässigen Handbewegung den Umzug planen.

warum hab ich eigentlich keine Angst mehr im Schlaf den Moment zu verpassen an dem ich mich aufwecken müsste

Letztendlich schläft sie ein, wie sie schon oft auf rätselhafte Weise, trotz Schnarchens eingeschlafen ist und erwacht morgens

im allgemeinen Schlafsackrascheln, und statt mit den andern zu frühstücken, geht sie lieber zum Portugiesen, der ihr zwar keinen Antrag gemacht hat, aber sie möchte trotzdem wiederkommen und bleiben. Hier in der Sonne versöhnt sie sich mit den roten Flecken auf ihren Wangen, den trockenen Stellen auf ihren Oberarmen und der hügeligen Landschaft auf ihrem linken Fuß.

Lieber Paul
heute habe ich etwas formuliert was mir zwar klar dennoch nicht so glasklar war du beginnst jetzt langsam dich aufzulösen was furchtbar ist weil ich Angst habe die lebendigste Verbindung zu meiner letzten Liebe zu verlieren weil ich mich daran klammere wie ich mich in deinen Augen gesehen habe weil ich befürchte der Verlust der Liebe zu dir sei der Verlust dieser Seiten in mir meine eingerissenen Nägel hatten ohne dass ich es bemerkte einen Graben um mich gezogen so dass alle Zungen die in meinen Hals wollten schon an der Festungsbrücke abgewiesen oder gleich den Tieren zum Fraß vorgeworfen wurden nun hatte ich jedoch genug Zeit um zu sehen dass ich genauso mit anderen Männern über Bilder sprechen und daher auch bald wieder schlafen kann

Miriam, sie müsste nur ihren beschissenen Namen unter das Resümee – sie möchte jetzt nicht nachrechnen wie vieler Jahre und Zeilen – setzen.

ich werde jetzt anfangen mit der Leichtigkeit die du so vermisst hast

Dass sie sicherer, aber auch unsicherer schreibt, als sie ist, davon muss sie ausgehen. Was soll's, sie sitzt nicht mal im übertragenen Sinn auf ihren gepackten Sachen und hat eh keinen Platz zum Schlafen, weder um noch in sich, und warum dann nicht jetzt das Teil losschicken und dem Abschied nehmen, eine Briefmarke aufkleben.

damit rechnet der doch nicht mehr das geht dem doch am Arsch vorbei

Als Miriam mit ihrem Studium einen ebenso brotlosen Job wie sie ansteuerte, hatten sich ihre Eltern nicht gewundert. Aber dass sie dann auch ihr Studium abbrechen würde – alle drei sind etwas betreten bei der Ähnlichkeit, und das Grinsen kommt erst spät, das hat sie sich früher gewünscht, jetzt nimmt sie ja doch auf dem Weg in die Schwerelosigkeit etwas von diesen sandsäckigen Blicken mit. Hätte sie Messerwerferin gesagt, wären die beiden nicht minder irritiert. Dass sie nicht nur Handstand probt und irgendwelche Workshops mitmacht, sondern endlich wieder ein Gefühl in ihre Beine kriegt, die seit dem Satz »Wir tun uns nicht gut« in eine Schreckstarre gefallen waren, das hätte sie ihnen wohl früher deutlich machen sollen. Nun kann sie es nur noch trocken abhaken.

ich hab dann meine Sachen gepackt und mich von dir verabschiedet und du kannst mir glauben wäre heute nicht dein Geburtstag und würde es nicht so regnen in dieser Scheißstadt würde ich dir auch nicht wieder einen Brief schreiben in meinem Kopf wo sonst wo doch eh nichts von dir zu erwarten ist ein viel Glück in Hamburg womöglich aber das hatten wir ja schon gestern Nacht du mal wieder der mir seine Bügelfalte vor's Gesicht hält wie komm ich nur dazu ausgerechnet hierher warum hast du's nicht einfach so lang ausgehalten hier Regen unten Sonne womit soll ich bloß mal mein Geld wann bekomm ich mein erstes Kind und fehlt da nicht noch was

Wohnungsanzeigen lesen fällt ihr leicht, kein Abschiedsschmerz macht sich breit, aber als es dann ums Ansehen und zwar genau Hinsehen geht, schwindelt ihr nach dem vierten oder fünften Hinfahren, Unterhalten, Einreihen und Ausscheren der Schädel. Keine Eindeutigkeiten dieser Tage. Die Wohnung, die sie kriegt, nimmt sie. Kein Balkon, keine besonders hübsche Badewanne, von den Nachbarn erstmal keine Spur, wenigstens ein paar Bäume vor den zugegebenermaßen großen Fenstern. Unter Altbau macht sie es nicht, das hat sie sich geschworen. Sie will wenigstens in die Türklinken verliebt sein können.

wen ruf ich an wem kann man das denn antun weite Fahrt ich als Beifahrerin weiß ja keiner keiner kennt die innere Zerrerei hier so'n bisschen Lächeln links rechts Scheibenwischer ist noch nicht mal nötig außer wenn es Heuschrecken regnet einen Segen holen ich geh geh und hole

Um Hilfe rufen ist nicht weiter bemerkenswert, aber mit jemandem im Bett liegen, nichts sagen und sich dabei wohlfühlen – sie holt sich zwar Umzugshilfe von ihnen, aber den Segen, den braucht sie von anderer Instanz.

Gänsefüße in der Luft alles fällt gerade eine Nummer zu groß aus jetzt hätte ich beinahe dem Typen die Tasse na ja die Umarmung mit dir ist die Umarmung mit einer vergangenen Zeit warum hat er nicht geantwortet hat er ja aber nicht richtig da muss ich jetzt durch sagt wer

Im Gegenteil: Sie möchte allein leben und zwar sofort. Keine zwischenmenschlichen Tastereien. Sie und die weißen Leinwände, ihr anwachsender Muskelkörper und die Lust – zu sich, dazu, den Schmerz zwischen den Fingern zu reiben und in die Ecke zu schnalzen, zum Herzlaken aufschütteln und –

manchmal hab ich es gemerkt wenn ich weg war da kam ich mit so einem Überschuss zurück und der fand dann nirgends seine Entsprechung oder wenn ich lang Fahrrad gefahren bin diese Schwereabnahme wenn die Beine in dem Zustand zwischen weichem Nichtmehrnachdenkenmüssen und Schonnichtmehrkönnen schaukelten natürlich die Frage fahr ich weiter und dann komme nie wieder fahre nach Italien ich hasse Jugendherbergen und ich hasse es Vorstellungen auszuprobieren keine vakuumartigen Zwischenstadien keine halbherzigen Bekanntschaften oder ganz allein so wie jetzt so wie in dieser wunderbaren Wohnung hier gäbe es einen Balkon ich würde die Tage an denen ich zeichne vielleicht nicht mit der Angst wahnsinnig zu werden abschließen müssen weil ich ja immer auch Frischluft an meine Haut lassen könnte ohne auf die Straße zu treten das wäre harmloser als jetzt hör ich gleich auf zu atmen oder die Sicherung diesmal es ist ja immer einmal das erste Mal knallt raus niemand hat den Draht zu mir dass er mich dann da noch rausholen könnte vielleicht verbirgt sich darin der Trugschluss einen Menschen zu suchen der mir das doch geben könnte die elektronische Versicherung

Paul und Miriam, keine Herzen im Holz, auch keine im Sand – aber Wein in Mund und von Mund zu Mund und in den Magen, und fast wären es alle guten Dinge sind drei Jahre gewesen, und was davor war, verblasste, denn wozu braucht man andere Erinnerungen als an den, der einen von sich aus begeistert in alle möglichen Ausstellungen schleppte und auch mal lauter als andere über die Werke von Leuten, die er nicht kannte, aber beim Vornamen nannte, zu reden und ihr Bücher in die Hand zu drücken, und sie erstaunte sich selbst, als sie das Zeichnen, was als ein Hobby galt, dabei beobachtete, sich in eine ausgewachsene Siamkatze zu verwandeln.

jetzt erstmal schweben Bauchmuskeln und alles hinten runter fallen lassen ein Blick in den Zirkus wenn's schlecht läuft daran denken immer an diese Sprünge an das Losschießen im Bauch an den Tunnelblick nur noch diese Körper und wie wie wie und ich auch

In der ersten Woche, vielleicht auch in der zweiten, weil sie in der ersten noch mal nach unten fliegt, um zu sehen, ob sie auch nichts vergessen hat, irgendwelche wichtigen Körperfunktionen, fährt sie, dann schon mit dem neuen Fahrrad, denn hier endlich traut sie sich, ein Rennrad zu kaufen, hier weiß ja niemand, dass sie das vor paar Monaten nicht gemacht hätte, zu einem Konzert und denkt noch

wenn da mal nicht
der einzige Mensch, den sie aus Hamburg kennt,
aber bei Patti Smith
jaja.

wo wieso da wo da wo ich nicht mehr fand dass Lieben nur da wo du und wann du wolltest oder da wo ich mehr wollte von etwas dass sich nur in meinem Kopf abspielte da wo du mit der ins Bett gegangen da wo ich mit dem in der Ecke da wo ich mehr Ego als Augen sah da wo deine Sätze nicht mehr ganz so schlau und umwerfend waren da wo du mir Verschlossenheit vorwarfst und dabei sogar zweideutig sein konntest mich dann beschützend in die Arme damit ich mich klein fühlen musste obwohl sich in mir schon ein Wunsch ich hatte den Zirkus gesehen mit anderen Augen

Ein symptomatischer Bruch.

vielleicht ein paar Jahre später alles anders aber so ich ein Jahr Kunstgeschichte und nicht zufrieden du fünf Jahre Philosophie und so gut wie fertig nur noch ein paar intellektuelle Krisen Zukunft nicht auf der Zunge aber in der Luft

Miriam brach sich das Schlüsselbein, als sie sich Pauls Rennrad ausgeliehen hatte. Eigentlich war es das zweite Mal, aber wie um ihre Angst zu untermauern, sagte er dann immer, beim ersten Versuch, schnell zu fahren, sei sie gestürzt, dabei war er gar nicht dabei, sie war auf dem Weg zu ihm, berauscht von einem Tag voller Leibesübungen, würde er sagen, und in dem Moment, als sie darüber so wütend wurde, aus heiterem Himmel, übersah sie einen Ast im Weg, ein paar Tage vorher der Orkan in der Stadt, hier im Park noch die Spuren, überschlug sich, hatte tatsächlich noch Zeit zu denken, einmal ist immer das, war dann kurzzeitig ausgeknockt, aber schnell wieder bei sich und dem Schmerz, der langsam kam.

so ein fetter Lippenstift als Akrobatin

Kerstin Schulte

an den tischen

auf bahnsteig drei tritt ein mann auf mich zu. seine arme scheinen schief angewachsen zu sein. seltsam unförmig ist er. geld will er nicht haben. dennoch rückt er immer näher. einen warmen händedruck wird meine hüfte doch wohl aushalten, fordert er lautstark, als mir die galle schon im gesicht steht.
 gelangweilte reisende drehen ihre taschen. eine bahnwärterin schreit, während ein kleiner hund auf die bahngleise kotzt.
 ich breite meinen dünnen mantel über die geschehnisse und versuche ein neues lied zu pfeifen.

in der bahnhofskneipe sitzend spiele ich meine asse aus den ärmeln. zehn euro für einen einfachen fahrschein ohne bahncard. wer will so was verpassen. eine flasche cola wird mir angeboten, die ich entrüstet zurückweise. der kleine hund ist mein einziger freund der stunde. während er wedelt, bereitet der koch mir ein bitteres süppchen zu. ich kann es nicht unterlassen, ein paar fragen an die wartenden zu richten. wie lange sie sich schon in diesem zustand befinden. wie hoch die mieten sind. wer die größten portionen bekommt. und ob sich dieses jahr schon einmal jemand auf die gleise geworfen hat.
 eine junge frau hat eine beachtliche geschichte zu erzählen. ihr vater kam unter die räder eines schnellzugs, als sie noch keine vier jahre alt war. aus den augenwinkeln hatte sie ihn rückwärts stolpern sehen und warf sich zu spät rettend über die stehenden koffer.
 ein junge mit langen fingern greift sich das erzählte, um ein kunststück mit einem reifen vorzuführen, den er rücklings von seiner hüfte schleudert, um ihn sekunden später mit den zähnen aufzufangen. ein großer wurf, bemerkt ein mann mit vorgelagertem bauch, und steckt ihm eine karte mit seiner adresse zu.

die gaststätte füllt sich mit abendlichen stammgästen. der tabak ist knapp und die geschnorrten zigaretten ähneln handgedrehten wattestäbchen. schwerter zu pflugscharen, ruft die wirtin, als sie mir zwei lammspieße mit bratkartoffeln vor die nase setzt. sie hat sommersprossen auf ihren schultern und fällt in schallendes gelächter, bevor sie sich, ohne mein einverständnis einzuholen, an meinen tisch setzt. ob ich noch weiterfahren will heute nacht. ich mache andeutungen über das allgäu und die tiroler gebirgsketten und bringe sie schließlich zum gähnen. vier kinder hat sie, von denen ihr jüngstes auf einem barhocker am tresen sitzt. kleine beine baumeln in der luft und mir bleibt es ein rätsel, wie es allein dort hinaufgekommen ist. das leben ist ungnädig, erzählt die wirtin zum fünften mal. auch mit dem bierausschank verdient man jetzt nicht mehr genug. die lammspieße bringen gerade mal die ausgaben rein, deswegen kann sie sie auch nicht immer frisch zubereiten. ich bemerke, wie schwer das essen mir im magen liegt.

als ich von der toilette zurückkehre ist mein platz belegt. streitsüchtig schaut mir der mann mit den schiefen armen in die augen. der kleine hund bekommt statt meiner einen tritt und rutscht unter den nachbartisch. von emanzen hat er genug, schimpft er, keine einzige hat wirklich mumm, wenn's drauf ankommt. feige schlagen sie einen bogen um ihn, wenn er sie anspricht. aber so schmutzig lässt er sich nicht behandeln. miststücke. da kennt er nichts. und er erwischt sie fast alle. frauen schlagen tut er nicht, aber er kennt andere mittel. dazu braucht er kein studium. weiß gott nicht.

das kind vom barhocker springt auf den boden, nennt den typen vertraulich bruno und entlockt ihm die ersten in zimmerlautstärke gesprochenen sätze. karten spielen will es und zwar ohne zuschauer. bruno wird mitgezerrt in die hinterste ecke des lokals, was mir unerwartet meinen sitzplatz wiederbringt.

verantwortungslos, wie manche leute ihre kinder durchbringen, zischt eine sehnige ältere frau mit wimperlosen augenlidern, wobei sie es vermeidet, in richtung der wirtin zu sehen. auch sie hat drei kinder zu erziehen, und sie hält sie alle ordentlich in ihrer wohnung. wo kämen wir hin, wenn jeder seine gören in die wirtshäuser mitschleppen und mit säufern karten spielen ließe. auch den eigenen mann muss man verlassen, wenn er ausfällig wird. auch mit drei kindern. auch wenn einem dann nur ein einziges zimmer bleibt. schön den dreck in grenzen halten, jede woche die kinder in die badeanstalt. keine schlampereien, keine saufereien. nur mit disziplin ist das auszuhalten, das kann sie mir versichern.

ein bahnangestellter mit schäferhund stampft in den dämmrigen raum. der koffer, schreit er, sich wild umsehend, der braune koffer. wem gehört der. auf bahnsteig eins. wenn nicht sofort einer aufsteht setzt es bußgeld für die beseitigung. wegen der terroristengefahr, ja sind wir denn noch zu retten. in so einer zeit.
ein dünner mann am ecktisch hört auf, seine suppe zu schlürfen. leise knirschend poliert die wirtin ein glas. ganz still ist es, als plötzlich unvermittelt eine junge frau von ihrem platz aufschreckt. mein koffer, stammelt sie, ohne jemanden anzusehen, mein koffer. die terroristen. mein koffer. von draußen hört man den wind über den bahngleisen. mit einem lauten knall fällt die tür hinter ihr zu.

schlingen sie ihr essen wieder, ruft einer, es wird sonst alles kalt. oder hat es jedem hier die sprache und den hunger verschlagen. der mann geht zwischen den tischen hin und her. es klingt, als ob er eine karusellfahrt ansagt. seine dunklen haare sind sichtlich gepflegt, wachsen ihm jedoch in wilden büscheln in alle richtungen. wie sich herausstellt hat er kleine holzschiffe zu verkaufen, eigentlich sieben euro pro stück, heute für sechs. selbst geschnitzt. die schwimmen ganz gerade auf dem wasser. kein vergleich mit billigen plastikbooten. die segel sind hundert prozent baumwolle. vorgewaschen. da zieht sich nichts zusammen, wenn die mal unter wasser kommen. eins a ware ist das, eins a ware aus erster hand.
die interessenten halten sich in grenzen. einer dame darf er seine auswahl zeigen, bevor sie sich doch dagegen entscheidet. er winkt hin zur theke, um sich erstmal ein bier zu bestellen.

sein großer traum sieht eigentlich anders aus, vertraut er der fastkäuferin seiner boote an, neben der er platz genommen hat. eine kleine bar in der innenstadt. oder wenigstens nahe der innenstadt. holztische und eine glasvitrine, in der frisch zubereitete tapas angeboten werden. für jeden etwas dabei. nicht das riesengeschäft, aber die leute kommen gerne und schätzen die qualität. und die schiffe lagert er unter der theke, falls doch einer welche kaufen will.

langsam klebt mir die stoffhose an den beinen. es ist heiß und verqualmt. ein geruch von urin macht sich breit. der kleine hund ist nirgendwo zu sehen.

große spielbretter werden jetzt auf die tische gelegt. jeder muss eine farbe wählen. eine frau am nachbartisch zieht bedächtig ihre strickjacke aus, bevor sie sich, leise summend, an die andere seite des spiels begibt. keiner darf mehr den raum verlassen. bruno mit den verrenkten armen ist plötzlich wieder da und versperrt den ausgang. um kopf und kragen muss gespielt werden. wer auf das besetzte außenfeld kommt ist sein ganzes geld los. die wirtin lacht schrill und rafft geldscheine auf ihr tablett. spielt, ruft sie, spielt ohne zuschauer und vergesst nicht zu essen. einen schweinekopf hab ich noch tiefgekühlt. zehn kilo innereien. ich brat sie euch mit zwiebeln an.

ich versuche, auf die toilette zu verschwinden. doch auf dem gang steht das jüngste kind der wirtin und stößt mich zurück. ich beginne beharrlich auf es einzureden. doch begriffe wie periode oder harndrang scheint es nicht zu kennen. es legt sich seine kleinen flachen hände auf die ohren und verstellt mir unnachgiebig den weg.

zurück am spieltisch fallen mir zum ersten mal die fleischstücke auf, die auf verschiedenen feldern des spielbrettes aufgetürmt sind. die wirtin schiebt mir einen berg sehnige muskelfleischstücke zu und zieht mir die letzten scheine aus der tasche.
 ein mann mit schnauzer setzt seinen gesamten fleischvorrat auf ein einzeln stehendes feld und reibt sich nervös die hände. nichts geht mehr, singt die wirtin, und lässt ein dutzend würfel in die tischmitte krachen. der mann verliert seinen einsatz und wird wortlos ins hinterzimmer begleitet.

ich selbst fange an, meine fleischstücke zu portionieren und die kleinen haufen über dem ganzen tisch zu verteilen. keiner weiß mir etwas über die spielregeln zu erzählen. ich warte auf das erneute werfen der würfel. doch die spielzüge ändern sich schneller als ich schauen kann. eine große kugel wird über das brett gerollt, und alle, deren fleischbrocken daran hängen bleiben, scheinen zu gewinnen. ein klumpen von mir ist auch dabei. mit glühenden augen überreicht mir der koch einen bunsenbrenner, der bläuliches feuer abgibt. auch einige der anderen gäste bekommen brenner. am nebentisch beginnen die ersten, sich die rohen fleischstücke damit zu rösten. sie richten die flammen ohne bedenken auf die tischflächen.

drei kreuze auf diesen wallfahrtsort, schreit die wirtin gleich zweimal hintereinander, bevor sie mit einem gewaltigen sprung, den ich ihr nicht zugetraut hätte, auf einen der spieltische springt und mit offensichtlicher schadenfreude die fleischstücke der verlierer schwungvoll von der tischplatte tritt. ihre stiefel kommen meinem gesicht gefährlich nahe.

ich stütze mich auf einen rücken zu meiner linken, schwinge mich so über den letzten tisch vor dem tresen und schlage mit meiner hüfte seitlich auf die tischkante. das dicke halbwüchsige mädchen, das mich auffängt, stellt sich mir als älteste tochter der wirtin vor. behutsam lässt sie mich auf den holzboden gleiten, um die arme für weitere gäste frei zu haben.

am boden kauernd, entdecke ich den kleinen hund hinten im raum, der wie ein wahnsinniger zwischen brandstellen hin und her rast.
    drei schuss für jeden, der noch fleisch zu bieten hat, schnauft die wimpernlose frau knapp neben mir, bevor sie die verfolgung des hundes aufnimmt.
    jeder treffer ein hauptgewinn aus der vorratskammer, dröhnt der koch, der sich gerade einen berg tiefkühlhähnchen unter den nagel reißt.

ich habe meinen bunsenbrenner noch immer in der rechten hand und schiebe mich seitlich hinter die theke. dort treffe ich auf den jungen mit den langen fingern, der hier am nachmittag noch sein kunststück mit den reifen vorgeführt hat. der junge lacht, er lacht immer lauter, umso stärker es zu qualmen anfängt. die holzvertäfelte wand hinter uns ist schon nicht mehr zu sehen. entzückt von den flammen, fischt er sich die am boden liegenden fleischstücke und wirft sie ins feuer.

nun ertönt der bolero aus den winzigen boxen an der thekenwand. der gerade noch lachende junge stellt eilig seinen brenner aus. die rausschmeißmusik. auch die anderen gäste beginnen, die kleinen feuer auszutreten, die um sie herum zu flackern begonnen haben. die tochter der wirtin holt einen wassereimer aus der küche und schöpft mit einer großen kelle wasser auf die brandstellen der tische.

auch ich drehe meinen bunsenbrenner runter und merke erst jetzt, wie schwer mir das atmen fällt. der qualm brennt in meinen augen und die hitze liegt wie heißer kohlenstaub auf meinen lungen.

ich drehe mich zur tür und sehe, dass der krumme bruno nicht mehr wie ein wächter davorsteht. er beteiligt sich an den aufräumarbeiten.

direkt vor mir kokelt ein kleines holzschiff. das baumwollsegel schmilzt stinkend in sich zusammen wie polyester. ich nehme es als tarnung in meine hand und trage es unauffällig zum ausgang. als ich die klinke nach unten drücke bin ich überrascht, dass sich die tür wirklich öffnen lässt.

beehren sie uns bald wieder, ruft mir der koch nach, als ich mit dem stinkenden schiffsrumpf die gaststätte verlasse, gewinner sind uns immer willkommen.

Christoph Steier
Holy Shit

Juana brachte es einfach nicht. Manchmal knallte der Ball, platt und schwer wie er war, von unten gegen den Holzring, den Vater nach der letzten Regenzeit an den Bayan neben dem Haus geschweißt hatte. Aber meistens flog er nur einen Meter hoch und holperte dann über die festgetretene Erde davon. Weiter hinten, bei den Mangroven, tauchten ein paar Grauäffchen auf und lachten uns aus.

»So, so musst du es machen«, sagte ich und warf den Ball durch den Ring. Aber Juana verstand nichts. Gut, sie war erst drei oder vier, und der Ball war eine Katastrophe. Trotzdem. Wenn Damaris das nächste Mal nach Deutschland geht, bringt sie mir eine Pumpe mit. Hat sie versprochen. Darüber könnte ich mich jedes Mal aufregen. Ich meine, die Missionsgesellschaft bringt alle möglichen Maschinen in den Dschungel, tonnenschwer, aber eine Ballpumpe ist nicht drin. Natürlich darf man so was nicht laut sagen. Sonst hat man gleich wieder Prediger Johnson am Hals und muss bekennen. Die Menschen hier dürsten nach Wasser und Gottes Wort, darum geht es. Nicht um Ballpumpen für elfjährige Jungen.

Juana kam angedackelt und machte ein komisches Geräusch. Sie hielt den Ball zwischen ihren schmutzigen Fingern und sah mich ratlos an. Mann, wie das nervte, es klang wie das Gegrunze der Leute im Dorf. So hatte ich mir das eigentlich nicht vorgestellt. Ein Junge wäre eh besser gewesen, ich bin ja der einzige. Und der Jüngste. Tamara, Ruth, Damaris, Esther. Und dann, weit hinten, Amos. Gottes spätes Geschenk, wie Mama manchmal sagt. Da habe ich mir natürlich immer einen Kleineren gewünscht. Aber Juana brachte es einfach nicht.

»Juana«, sagte ich streng. »Du bist jetzt bei uns. Du musst unsere Sprache sprechen.« Ich nahm einen Zweig und kitzelte sie am Mund. Sie fing an zu lachen. Ihre Zähne waren braun. Der Ingenieur hatte sich nicht richtig um sie gekümmert, das war hier in der Station kein Geheimnis. Sie lachte weiter und schnappte nach dem Stöckchen. Ich wurde wütend. »Un-se-re Sprache!«, rief ich und zog den Zweig weg. Ich nahm ihr den Ball aus den Händen und warf so lange Körbe, bis ich Prediger Johnsons Jeep am Tor hörte. Juana fing an zu weinen. Schnell gab ich ihr den Ball.

Prediger Johnson wollte zu Vater, kam aber kurz rüber und strich mir über den Kopf. Seine Hand war heiß und verklebte die Haare noch mehr. »Fine, dass du dir kummerst«, sagte er und gab mir einen Klaps auf den Po. »Jesus is watching you right now, right through the trees.«

Wenigstens hatte Juana aufgehört zu flennen. Sie saß auf dem Ball und klammerte sich an mein Knie. Aus ihrem Mund lief Rotz, den sie mit ihrer Patschhand auf meiner Haut verteilte. Prediger Johnson strich auch ihr über den Kopf, aber mehr so wie sonntags beim Segen. Dann ging er ins Haus. »Danke, dass du dir kummerst.«

Amy Johnson, seine Frau, hätte die Kleine gern genommen. Ich habe es gehört, gestern Nacht durch den Vorhang. Irgendwie denken ja alle, ich könnte nicht richtig Englisch. Dabei habe ich bloß keine Lust, Wörter für Dinge zu lernen, die es hier sowieso nicht gibt. Amy wollte Juana also nehmen, aber Prediger Johnson war total dagegen, weil sie doch im nächsten Jahr zu den Tamilen berufen sind. Und dort herrscht schließlich Krieg, oder fast. Außerdem hat die Kleine keine Papiere.

Mama weinte und sagte mehrmals: »But she will bring lie into our family.« Vater schwieg. Mamas Weinen wurde lauter, woraufhin Prediger Johnson in Zungen fiel. Als es vorbei war, beteten sie noch eine Stunde. Und am Morgen, mitten in der Andacht, brachte der dicke Dorfpolizist dann Juana.

»Eure neue Schwester«, sagte Mama und sah mich merkwürdig an. Die Mädchen, die Juana noch nicht kannten, waren begeistert und machten den ganzen Morgen mit ihr rum. Aber dann mussten die Frauen zum Missionsdienst ins Dorf, und seitdem hatte ich die Kleine an der Backe.

Ich schob Juana weg und wischte mir den Rotz vom Knie. »Ball«, sagte ich und zeigte auf das schlaffe Ding, das eher aussah wie eine vergammelte Melone. Irgendwer musste es ihr ja beibringen. »Ball.« Aber die Kleine nickte nur. Wenn sie doch endlich mal was sagen würde! Ich kickte den Ball in Richtung Hauswand, lief hinterher und pflanzte mich drauf. Von drinnen war nichts zu hören. »B-A-L-L«, kritzelte ich in die Erde, die im Schatten lehmig war. Juana kam an und ließ sich direkt auf die Schrift plumpsen. Ich gab's auf, schob ihr den Ball unter den Kopf und lehnte mich gegen die Wand. Die Kleine lag auf dem Rücken und strampelte mit den Beinen. Genau wie die Affen. So was darf man natürlich nie, nie sagen. Einmal habe ich einen gesehen, der sah original so aus wie der verschrumpelte Geistermann aus dem Dorf. Vater schlägt nicht oft, aber die brannte wie Sau.

Ich döste weg, bis ich plötzlich hinter mir Stimmen hörte. Vater, glaube ich, hantierte an der Kochstelle herum, während Prediger Johnson sich einen der beiden Stühle zurechtrückte.

»Take her as His gift, Harald.« Vater schwieg. Prediger Johnsons Stimme wurde lauter, wie sonntags oder auf Mission, wenn er zum Ende kommt und jeder verstehen soll. »There is no other way. It's God's holy will, and who are we to doubt?«

»It's just«, Vater räusperte sich, der Kessel begann zu fiepen, »it's just when she grows older. What shall we tell her?«

»Put the future in His loving hands«, unterbrach ihn Prediger Johnson feierlich. »Let's put our faith in His eternal grace.«

Dann fiel er wieder in Zungen. Juana lag noch immer friedlich strampelnd am Boden, ohne einen Laut von sich zu geben. Ich versuchte, nicht auf Prediger Johnsons Gemurmel zu achten, döste wieder vor mich hin und dachte an gestern.

Der Jeep war mal wieder kaputt. Na ja, eigentlich ist es kein richtiger Jeep, nur ein alter Lada. Es steht nicht mal was drauf, bloß weiß ist er gestrichen. Wegen der UNO, sagt Vater. Jedenfalls musste der Wagen zum Ingenieur. Deshalb durfte ich auch mit. Gemeinsam schoben wir die Karre über die schlammige Straße runter zum Fluss.

Der Ingenieur war ein seltsamer Mann. Auch Europäer, aber anders. Irgendwo aus dem Süden, keiner wusste es genau. Wozu auch, Hauptsache Helfer. Von der Station wollte er allerdings nichts wissen. Deshalb wohnte er unten am Fluss, wo er sich drei Hütten in die Bäume gebaut hatte. In einer gab es sogar Fernsehempfang, manchmal. Mama guckte traurig, wenn die Rede auf den Ingenieur kam. Sein Seelenheil war nicht sicher. Aber er half. Nur musste man eben zu ihm raus. Wie lange er schon da war, wusste niemand. Früher hatte er für eine Organisation gearbeitet. Der Brunnen und die Leitungen im Dorf stammten von ihm. Dafür verehrten ihn die Leute. Bei einem hatte Vater sogar einen Altar mit seinem Bild gefunden. Und er trank Bier. Und fluchte. Aber er half. »Wir alle sind Rädchen in Gottes Plan«, sagte Vater.

Für eine Organisation arbeitete der Ingenieur schon lange nicht mehr. Er war einfach da. Manchmal ging er für ein paar Monate nach Europa. Vor zwei Jahren war er dann mit dem Kind zurückgekommen. Seine Tochter. Sagte man. Am Anfang ging Mama immer zu ihnen raus und wollte helfen. Aber er schickte sie weg. Ein Ingenieur ist einer, der das Leben kann. Und zwar das ganze. Später werde ich auch einer. Man kann damit ja auch helfen. Vielleicht sieht Vater das ein.

Gestern war von so was natürlich keine Rede. Wir schoben den Lada durch den Schlamm und schwitzten so stark, dass die Moskitos an uns klebten wie die Fliegen an den Streifen, die Mama manchmal aus Deutschland mitbringt. Bei Vater darfst du natürlich nicht »Scheiße« sagen oder »verdammt«, das machte die Sache nicht leichter. Als allerdings der Ingenieur eine Viertelstunde später unterm Auto lag und eindeutig fluchte – dafür brauchte man die Worte nun wirklich nicht zu verstehen –, verkniff sich Vater einen Kommentar. Wer hilft, kann sich mehr erlauben, das prägte ich mir ein. Ich hockte am Stamm unter der mittleren Hütte und trank die Cola, die der Ingenieur mir hingestellt hatte. Er selbst hatte eine Dose Budweiser neben seinem Rollbrett stehen. Ich wartete darauf, dass er sie umrollen würde. Aber er passte auf. Vater war das mit der Cola nicht recht. Aber gegen den Ingenieur konnte er nichts sagen. Er saß am Steuer und schwitzte immer noch so stark, dass die Haare an seinen Armen in Zotteln zusammenklebten. Manchmal klatschte er sich mit der Hand in den Nacken. Obwohl wir das nicht sollen, wegen der Krankheit. Ich zeigte auf die kalte Flasche, aber er schüttelte den Kopf.

Kurz darauf sprang der Wagen an. Und ging sofort wieder aus. Der Ingenieur rollte sich unter dem Wagen vor, kippte die Dose in einem Zug runter und brüllte meinem Vater etwas zu. Der nickte und hob entschuldigend die Hände. Der Ingenieur rollte wieder zurück, Vater startete erneut. Der Wagen machte einen Ruck. Ich glaube, es waren die Schlammketten, die dem Ingenieur den Kehlkopf zerquetschten. Ich habe es nicht genau gesehen, aber die Karre ruckelte mindestens drei Mal vor und zurück. Dann soff der Motor ab und es war plötzlich still.

»Are you okay?« Vater war aus dem Lada gesprungen. Ich saß wie angenagelt unter dem Baum. Vater lief um den Wagen, und dann sagte er, laut und deutlich: »Holy Shit.«

Es war Prediger Johnson, der die Kleine fand. Sie lag oben im Baumhaus auf ihrer Matte und schlief. Sie hatte wohl nichts gesehen, Gott sei Dank. Der dicke Sheriff wollte erst nicht, aber dann lud er sie doch auf seinen Anhänger und nahm sie mit.

Vater hatte nicht im Wagen gesessen. Wirklich nicht. »Amos, das ist jetzt sehr wichtig. Es geht um die Zukunft der Station, um Gottes Wort.« Dem Sheriff war es eh egal, er fragte mich gar nicht. Die Technik hatte versagt, Pech für den Ingenieur. Schade nur fürs Dorf.

Später, als die anderen verschwunden waren, schoben wir den Lada zurück. Kaum hatten wir den Hof erreicht, schickte mich Vater zur Wasserstelle.

Juana war inzwischen eingeschlafen und wachte erst auf, als Vater und Prediger Johnson aus dem Haus kamen. Sie hielten sich lange bei den Händen, dann ging Prediger Johnson zu seinem Toyota. Vater kam zu uns rüber. Er fragte die Kleine was auf Spanisch oder so, aber sie warf bloß den Ball auf den Hof und kicherte dämlich. Vater lächelte sie trotzdem an. »Sie muss sich erst mal gewöhnen, was?«

Dann meinte er, wir müssten später noch den Ring vom Bayan entfernen. Der Sheriff hätte sich am Morgen beschwert. Schließlich wohnen in den Bäumen Geister. »Glaub mir, im Moment ist es besser«, sagte Vater. Ich wollte protestieren, aber gerade in dem Moment löste sich das Problem von selbst. Prediger Johnson hatte im Hof gewendet und fuhr, ohne es zu bemerken, die letzte Luft aus dem Ball. Vater bekam davon auch nichts mit, weil Juana wieder zu flennen begonnen hatte. Er nahm sie auf den Arm und drückte sie an sich. Doch kaum war der Jeep aus dem Tor, machte sie sich los und lief zu dem platten Ball. Sie hockte sich daneben, strich mit der Hand über das Plastik und sagte dann leise, aber ganz deutlich: » Holy shit.«

Mischa Strümpel
Gedichte

Eau de Sentiment

in Anschlag gebracht
meine tätigen Kräfte

einer unruhigen Lässigkeit
verstimmte Shotgundynamik.

Werter Geist, ach, ein toller
Schmerz, bewohne mich mit

Zerstreuung. Alles ist einfach
eine Hoffnung »... schieß mich

ab« die einrastenden Augen
in blaue Röcke, die Güter der

Gefährlichkeit, den Duft der
Herrlichkeit, die Pulver

-mischung am Kopf: das zieht
halb Europa an, die Bildwesen

unter den Lidern die Nacht:
»Ich bin in der Überzahl.«

Astrobewegung

wie ein Ford Taunus so
breit hinein, Opferqualität

futsche Farbe, die liftet
und alle Wunden aufgemalt

»ich habe fünf Finger im Kopf
und krieg sie da nich raus«

es ist die geringe Distanz der
Weintraube zwischen Wasser

und kernlosem Obst, der himmel
-öffnende Bacchusdienst, Pan

-ic at the disco: alles, was begeistert, trägt die Farbe der Nacht

angenickt, eines metallischen
Tags: crash into me, please.

Konvoi

der im Orange
der Scheinwerfer

bestrahlte Beton:
Wand aus Zeit da

-vor der geführte
Schatten grau die

Amseln: wie sie
über das Feld fliegen

der Zug der *Bewohner
des Planeten*. Ihr *Handi*

-*cap* (erst) jetzt
summt der Körper

bringt den Blick
zum Stehen, im Lot.

Verschlag

am Parkplatz, an der Wilhelm
-straße, bepisste Bäume von
Hunden. Sonst nichts. »Kaum
zu glauben!« schöne Phantasie
-uniform, aus der das *Ich will
Hermann Meyer heißen* nicht
vergessen werden kommt. Er
steht da, wie vernagelt, der
Augen- und Ohrenvater, und
ich, als Konserve, vergesse.

Meisterwerdung

mit offenen Augen
schlafender, hell

aufleuchtender Hase
der die Jagd aufnimmt

dem Vorüberhastenden
hinterher, der anderen

Metapher, sie einholt
und überwältigt, kurz

vor der Hefnerstraße
verkleidet: als Pinocchio.

mehr nicht

illuminierte Fassade: »die Leucht!«

-stoffröhren am Mittelschiff: wirre Streben
arrangiertes kreuz und quer lichte

Geometrie bald Buch
-staben: S O u n d, und so;

aber *ich*, das Vibrierende

der Stadt, *kann beim besten
Willen kein* HKNKRZ *erkennen.*

Porta S. Giovanni

jenes ungleichmäßig kontrollierte
Blicken, Zähne kauen an den Kuppen, des
Straßenbahngesichts: nagelt uns alle fest
                                        nur
das Kind
       in Armen, drüben, nicht.
                                  Das Klacken
des Kopfes: eins zwei, die Arbeit der Stille, List
der Augen, auch im Dunkel nicht beruhigt.
Zwischen die Lippen gefächert, schrilles Scharnier
diese Konstruktion
                von Wärme. Fetisch, felliger.
Der Plastikmadonnastand leuchtet
vorbei, die roten Gesichter.

Strecke der Dauer

Haar züngelt durch wir
                      sind
fahrend, geöffnete Taxifenster
Luft ist zu hören, und alles
was sich fleischlich nennt, fehlt
der
    Schnee, an die Erinnerung
angeschlossen, wie blinkendes
Warten weiß ich die Hoffnung
konstant zu halten.
                Es gibt hier
keine Schnitte, nur die Kontinuität
der roten Bremslichter.

Abendmaschine

salzige Nacht, die Augen gehen über
eine unbunte Begeisterung, die Begeisterung

fürs Unbunte. Etwas ist aus-, etwas anderes
eingeschnappt, setzt an zu schweigen, d. h.

brennt, sauber, überflusslos. Davon ein Denkmal.

Und über dem rechten Auge alles, und alles
dann herausgetrieben, die losgelassene Kraft

die blonde Zunge, schwer hinein.
Blende auf Blende an der Stirn

dringst durch die Wangen du? blinkst ab
zu Sätzen, keine Ahnung, und die zweimal.

Kasein

Von hier aus blickt, Garten mit Ruine
der Maler aufs Meer, die vermalte Hose

die offen steht, die auf Schenkel drückt
hart gefügt oder per Direkteingabe durch

ein Medium, eine freundliche Tapete
wie heißt sie so Lichtwirbel, Candy fürs Auge.

Die verlorenen Hochstraßen. Ein siebenjähriges
Nasenbluten über das Leinen gehüpft.

Die neue Haut ist hin. Steht keilförmig;
sinkt besiegt zuletzt zu Füßen nieder, hier

zu Boden dieser Fresse (das Superbunny)
zerschlaget oder küsset sie mir. Ich möchte

auf keinen Fall etwas anziehend finden und
immer sagen, dass ihr blöde Hammel seid.

On

nippender Morgen weiße Schicht, der Frühe

bepflastert bestromt, die Gezeiten
wie nie gewesen, Lichtreize reckt

Utensilienhände, vielleicht
Porträt, und wärmender Strom

den weißen Lack so angemacht

gurgelt, belichtet, wässriger
nach Kühlschrank riechender Bandit.

Verjüngung

die geschuppten Verläufe, geädert
Schleierbahn
          gewoben, -wunden
im Hauttransparent;
              taste
Schneisen, den Kopf, der sinkt, gegen
-zueinander: Stumpf
der aus den Augen fällt, sackt
in Unschärfe, über die Ränder
auf Weite
auf den Glaskörpern.

Chéri-Volte

es steigen hören, nachts, halb vier, *pling*
die Groschenfläche gegen den Himmel
jetzt gerade wird luzide, lächelnd lächerlich
zur Mitte der Nacht ohne hüpfend Erleichterung
treiben; die Feinmechanik der Bewegung: ich spreche
Sätze, meine, deine, head divorce, wie sie sich
bewahren, ich, mich, die Demut nach dem
Flug, mach den Blick auf, die Hände fall
-en in den Rinnstein.

in Weite / Honigsteige

grüne Windhürden unten
die Hohlwege, Kanäle

durchsiebte, schlafende
Räume, der Fließlaut

des Teers, an den Grund
geschmiegt, nachts

Wolken, ihre Arbeit
am Boden knackende

Meiler, Holz macht
Spagat, Ohr Klippe.

kühle Gesichter

den Spurrillen folgen oder
stecken bleiben im Wiesenweiß und -grün
die Camouflage des Ackers, jetzt, war
angesagt, kühle Gesichter, über sie hin
gehuschtes Gestöber, die Kralle, keine
Regung, und keine Regung die Haut
spurt die Züge.

Johann Trupp
Parallelgestalten

Jemand lag ausgebreitet auf dem Asphalt, der leicht nach Regen roch, in einer Menschenmenge, deren pochende rosa Herzen und grüne Gedanken jemand glaubte hören zu können, irgendwo, nicht fern von mir.
Ich wurde nass. Habe den Regen von meiner Nase tropfen hören, habe meine neuen Schuhe auf ihre Festigkeit geprüft, fehlte im Unterricht und hatte zwei ungleiche Augen.

Jemand las gerne Bücher, die jemand nicht imstande zu verstehen war. Hatte zwei ungleiche Augen, die nie zu seinen Hemden passten, war stets traurig und hatte Fernweh.
Die Wärme des Busses lässt die eisigen Fenster von innen beschlagen, ich lege meine Hände ans Fenster und spüre die Feuchtigkeit in meine Poren vordringen. Es liegt viel Schnee, aber ich habe eine bescheidene Kindheit und meine Socken kratzen.
Jemand träumte davon zu fliegen. Jemand hatte zwei ungleiche Augen, eines Grün, eines Blau, war neun und ein er. Wenn jemand Bus fuhr, wollte er laufen, wenn er lief, wollte er stehen, als er aß, sah er meine Abdrücke, kleine starke Hände, die in die Winterwelt ihm ein Fenster boten. Er verpasste seine Halltestelle, da war ich schon lange fort, im Haus am Rande der Stadt, wo meine Eltern sich nie stritten.

Jemand hatte abgeschliffene kleine Zähne mit einer Lücke, große, nach innen fallende, stets aber wache Augen. Jemand war eine sie und trug niemals grüne Socken. Jemandes Körperwärme, obwohl schon länger fort, machte den Sitz weich und geschmeidig.

Jemandes Abdrücke am Fenster, sehen wie Kronen aus, von König und Königin, die ihr Königreich bewachen. Ich sehe den König, Königins Haar kämmend auf einer Kommode sitzen und leicht zu Tür schielen, während das Volk sich gegenseitig in den

Schlaf wiegt. Esse ein Apfel, habe Gänsehaut an meinen beiden Wangen und verpasse die Halltestelle.

Während jemand Bus fuhr, machte seine Mutter, die niemals Lockenwickler trug, Tee, während jemand im Königreich war, nahm Mutter, die den Hund nie beim Namen rief, verbrannte Kekse aus dem Ofen, während jemand am Haus vorbeifuhr und reine Gedanken dachte, nippte Mutter am Tee, als jemand eine Haltestelle zurücklief, stoppte gerade ihr Herz.

Ich sitze weinend am Fenster im Haus meiner Eltern, die sich wieder nicht streiten, habe Gänsehaut auf meinen beiden Lippen, eine Zahnlücke und keine Plattfüße.

Ohren füllen sich mit Wasser, mir ist dumpf, kleine Kinder entsorgen ihren Schweiß und Urin im Pool. Es ist Sommer, dessen Ende ich nicht abwarten kann, ich bekomme Busen. Kleine eckige, runde Ereignisse füllen mein Leben. Mal im Gesicht, mal die Beine entlang. Das Wasser ist bissig, chlorhaltig und will nicht nach Pisse riechen. Die Ameisen im Gras sind gerade nicht da, die Sonne ist kratzig und ich höre meinen Eltern beim Streiten nicht zu.

Jemand hat ein Buch dagelassen, jemand der sich seine Haare von seiner Kusine schneiden lässt, weil Mutter tot ist. Jemand hat Grün benutzt, um Wichtiges zu markieren und Unwichtiges zu streichen, um sich besser zu fühlen, um sich bemerkbar zu machen, jemand der noch nie eine Nackte sah.

Die Kabine riecht säuerlich, wir stehen splitternackt im Kreis, vergleichen unsere Glieder und sind nicht verlegen. Ich hab nicht den Längsten, aber den Schönsten, er ist gerade, nicht krumm oder nach links gezogen wie bei den anderen. Meine Schamhaare bahnen sich gerade ihren Weg an die Oberfläche. Die Sonne schmerzt auf meiner Haut, ohne Creme spürbar, das Schwimmen überlass ich den anderen, ich lese. Ich verliebe mich in die Margarita, mir ist, als ob ich der Meister sein will, mir ist, als ob ich der Iwan sein will, mir ist der grüne Stift ausgegangen. Mein Freund spricht ein Mädchen an, für mich. Sie ist groß, irgendwie traurig, obwohl sie lacht. Ich fasse sie an, sie hat kleine Härchen am Arm, große Zähne und einen Sprachfehler. Mein Freund sagt, er hat zwei Augen, zeigt auf mich und ist schüchtern, mein Freund sagt, er wird immer traurig, wenn man ihm in die Augen sieht, isst gerne Grünkohl und ist ein guter Brustschwimmer. Sie berührt meinen Freund, während ich sie immer noch betaste. Irgendwann wird sie sich die Brauen zupfen, sich von ihrem herrischen Vater lösen, irgendwann wird sie jemanden finden, der beim Essen schmatzt und alte Radios reparieren kann. Irgendwann wird mein Freund für mich zu einem Niemand, wird in Toiletten Frauen verführen, die nicht stricken können und sich mit Männern prügeln, die Frauen lieben, die stricken können. An meinen Zähen sind Ameisen. Ich gehe. Dabei vergesse ich mein Buch.

Jemand wird es finden, jemand mit einer Zahnlücke, der Schuppen im Haar hat und nicht schielt, wird es lesen, jemand, der Grün hasst und gestrickte Pullover.

Ich stehe in einem hellen Raum, der versucht, nicht zu stinken und freundlich und entspannend auf mich zu wirken. Überall liegen eindeutige Zeitschriften und aus dem Fernsehen stöhnt es. Ich halte einen Becher, halb schräg unter mein Glied und sehe wie das Sperma langsam die Ränder heruntergleitet. Es klopft und eine Frauenstimme, die nicht versucht, freundlich und entspannend auf mich zu wirken, sagt, dass noch andere Spender warten. Ich sehe auf dem Boden des Plastikbechers einen Jemand liegen, jemanden, der Kartoffelbrei spuckend, sich in seine Windeln erleichtert und später nach durchzechten Nächten in örtliche Wälder kotzt und pisst. Ich gehe raus, mir ist schwindlig und sitze zu Hause, alleine ohne Fernseher, esse Grünkohl und habe Gänsehaut an einer meiner Wangen. Ich höre, wie mein Nachbar über mir, seine neuen Beinprothesen ausprobiert und immer wieder zu Boden fällt. Irgendwann gehe ich zur Arbeit, sehe all diese Menschen, die ich jeden Tag sehe, sehe in ihnen niemanden, der zu Jemandem werden könnte. Sehe, wie sie jemanden lieben, der nicht kochen kann, der Creme gegen Fußpilz benutzt, jemanden, der seine Finger knacken lässt, wenn er sich unwohl fühlt. Jemanden, der vielleicht Grün hasst und mein Jemand sein könnte. Ich habe keine Geheimratsecken und esse Eis auf einem Steg. Der Wind ist bissig und hinterm Horizont will ich jemanden sehen, der auf einem Bett liegt, Grübchen hat und glaubt, Menschenherzen und grüne Gedanken hören zu können, jemanden, der Schuppen hat und einen Mann ansieht, den jemand erst seit gestern kennt.

Er trägt tatsächlich grüne Socken, grashüpfergrün, grün wie die Augen von Scheißhausfliegen, grün wie grässlichste Farbe der Welt. Das Zimmer ziert keine Bilder, nur Glühbirnenlicht. Er hat sauber geschnittene Nägel und kommt in meinem Mund. Wir waren zusammen im Theater, vorher, am Abend, jetzt klebt sein Sperma in meiner Zahnlücke. Sein Glied erschlafft, ich gehe fort. Er wird jemanden haben, später. Jemanden, der ihm kleine, bunte Bilder kauft, glitzernde Miniröcke trägt und ihre Fußnägel mit mattem Lack lackiert. Jemanden, der überall runde, eckige und ovale Lampen aufhängt, und ihn ermahnt, wenn seine Hosentaschen ausbeulen, und ihn erträgt, wenn er beim Schlafen furzt. Ich sitze am See, das Wasser hat keine Krümmung, nur eine schwache Atmung. Ich habe Gänsehaut an einer meiner Lippen und möchte ein Kind, das einen Jemand ersetzt.

Den Jemanden, der noch keine Geheimratsecken hat, sich beim Rasieren nie schneidet, Grünkohl liebt, auf Servietten sich Notizen macht und jemanden heiratet, der nicht sein Jemand ist.

Und Schimmel, überall blaugrünbraun schimmernder Schimmel, Schimmel auf mit Sternen verzierten Tapeten, Schimmel hinter halb leeren Schränken mit fettigen Spiegeln, Schimmel in meinem Kopf und meinen beiden Augen. Ich habe Geheimratsecken, suche Kleingeld in Sofa- und Sesselritzen und bin geschieden, ohne Kinder. Weißbehaarter Schimmel auf ungesalzenen Makkaroni in eckigen Tellern.

Jemand lässt sich eine Spritze geben, jemand mag Ärzte nicht, aber ihre sauberen Kittel, hat Mundgeruch vor Aufregung und wird bald Mutter.

Kaltes Bier rinnt meine Kehle hinunter, ich gehe auf einen Mann zu, der mich anlächelt, es ist eine Bar, eine Schwulenbar. Er ist ein Mann, der nie beim Essen lacht, sich nie in der Öffentlichkeit die Hoden kratzt und Politessen mag. Der Sex mit ihm, seltsam, einfach, auch wenn es zum ersten Mal ist, für mich. Meine Wohnung stinkt. Männersex, eine Abwechslung, aber keine Lösung. Meine Frau verließ mich, als ich schlief im Schlafanzug aus Seide und träumte von jemandem, der nicht sie war, jemanden, der abgeschliffene Zähne mit einer Lücke hatte und Spitzenunterwäsche hasste. Sie verdrehte die Beine, wenn sie zum Himmel schaute, ließ Milch versäuern und war meine Frau. Sie war da, als ich einsam war. Konnte mit der Zunge ihre Nase berühren und liebte mich für meine beiden Augen. Sie ging, weil sie nicht der Jemand war, weil sie Grün nicht hasste und ihre Socken nie kratzten. Zu jemandem, der ihr Haar zu Seite streift, wenn es ihr vor die Augen fällt, der Karotten für sie schält und versteht.

Der Schnee ist trocken und kalt, ich forme Schneebälle, rauche ab und zu, rieche an ihren Fingern und bin ganz ruhig. Sie mag Kapuzenjacken nicht, duftet stets wie frisch gewaschen und ist meine Tochter. Wir gehen sonntags Frühstücken, sie hat Angst, heiße Brötchen anzufassen und ich kühle sie ihr. Menschen, die Fußball lieben und nur selten grüne Socken tragen, laufen an uns vorüber.

Sie ist sechs, hat zwei ungleiche Augen, wird erwachsen und irgendwann, irgendwo wird auch sie Spuren an Fenstern fahrender Busse hinterlassen und Menschenmengen sehen, in denen jemand, der Bücher liest, die er nicht versteht, auf einer Bank sitzt und wartet, seine Kissen in der Mikrowelle erwärmt und zwei Augen hat. Jemand der Tote begräbt und sich selbst schon längst begrub.

Bei meinen Eltern sind wir nicht oft, manchmal, wenn es Vater schlecht geht, ruft uns Mutter und wir sitzen im Haus, in dem niemand sich streitet und sie nennen meine Tochter, ein Findelkind. Sie ist ein Reagenzglasbaby und ich habe sie Lara genannt, sie schläft gerne unterm Bett und liebt mich.

Ich liege auf einem Berg, auf dem höchsten, habe den Himmel, der sich kräuselt, über mir und die Menschheit, die sich suhlt, unter mir. Ich habe aufgesprungene Lippen, eisige Fingerkuppen, und bin ganz ruhig.

Jemand beginnt einen Streit, jemand, der sich selbst dafür hasst, schreit die eigene Tochter an, jemand, der krank ist und Schuppen hat.

Ich habe keine Gänsehaut auf meinen beiden Wangen, keine Tränen in meinen beiden Augen, bin einsam geblieben und habe den Berg bezwungen.

Ich sehe Schläuche aus meinen Adern starren, sehe weiße Tapeten und kalte Bilder in diesem meinem letzten Zimmer, sehe Ärzte in sauberen Kitteln um mich schleichen, die das Rauchen nicht aufgeben können und Patienten, die graue Sportanzüge und hellgrüne Socken tragen und sich dafür schämen, dass sie sterben müssen und ich sehe sie, meine Tochter. Und jemand ist bei ihr. Ihr jemand, der keinen Bart trägt, spitze Ohren hat und Teebeutel für sie ausdrückt. Jemand, der ihren Spuren folgte, der sie erkannte, jemand der Hausschuhe für sie vorwärmt, jemand der versteht.

Feuchte Erde klebt zwischen meinen Fingern, ich höre Regen von meiner Schaufel tropfen, habe keine Geheimratsecken mehr und begrabe gerade jemanden, den ich nicht kenne, jemanden, der nach innen fallende, stets aber wache Augen hat, grauviolettes Haar und nach Krankenhaus riecht.
Nur ein paar Menschen sind da, immer, wenn es regnet, sind nur ein paar Menschen da, als ob eine Beerdigung der Sonne bedarf.

Ich höre, wie die nasse Erde kluppenhart auf meinen Sarg fällt, wie sich über mir Menschen in ernstem Schweigen üben, wie sich Tränen und Regen vermischen und der Totengräber, jemand der Grünkohl isst, zwei ungleiche Augen hat, Berge liebt, hustet und unsere Tochter lächelnd ansieht.

Simon Urban

Immerhin habe ihr Onkel durch seine Flucht in die DDR jetzt ein eigenes Denkmal, sagte Jana Schramm.

Dieses Denkmal stehe in Boltenhagen an der Ostseeküste und zeige den Onkel schwimmend, mitten in einer Kraulbewegung: Den Kopf leicht seitlich gedreht, mit zugekniffenen Augen und halb geöffnetem Mund, einen angewinkelten Arm nach vorne geworfen, den anderen aus der Rückwärtsbewegung kommend, beide Beine stramm durchgedrückt und beinahe parallel paddelnd. So könne man Peter Schramm seit ein paar Wochen bewundern, sauber und detailreich in Bronze modelliert, mit lauter herausgearbeiteten Muskeln, ein verbissener Held, den jemand mitten in seiner Glanztat eingefroren habe. Leider sei den Auftraggebern erst nach Fertigstellung dieses bronzenen Onkels bewusst geworden, wie flach so eine Schwimmer-Skulptur wirke. Schließlich liege der Dargestellte notwendigerweise auf dem Bauch. Und bei einer Sockelhöhe von nur 1,30 Meter habe man zwangsläufig auf das Denkmal herunterschauen müssen, und etwas, auf das man herunterschauen müsse, sei doch eigentlich das Gegenteil eines Denkmals. Weil die Boltenhagener aber allein für diesen nur 1,30 Meter hohen Granitsockel rund sechstausend Euro ausgegeben hätten, sei vor wenigen Tagen eine Notlösung installiert worden: Der Onkel habe jetzt eine lange Eisenstange im Bauch, die ihn mit dem Sockel verbinde, und schwimme ab sofort zwei Meter über dem Granitklotz durch die Luft. Wenn man diese Stange ignoriere, ein ergreifendes Bild: Der Betrachter bekomme plötzlich das Gefühl, er befinde sich unter Wasser.

Um dieses Denkmal und den Onkel und seine Flucht zu verstehen, müsse man natürlich lange vor Boltenhagen beginnen: Vermutlich sogar mit dem Großvater August Schramm, der nach dem Krieg eine kleine Druckerwerkstatt in Kiel aufgemacht habe, direkt am Exerzierplatz. Der Nachbar des Großvaters sei ein hohes KPD-Mitglied gewesen und man könne sich ja denken, wie so was laufe, nämlich genau wie heute auch: Kennengelernt, ein paar Bier getrunken, noch ein paar Bier getrunken, ein paar Aufträge rübergeschoben und nach rund zwei Jahren habe August Schramm ausschließlich für die KPD gedruckt, das Parteiprogramm, die Plakate zur Bundestagswahl, öffentliche Aushänge und so weiter. Die Firma Schramm sei mit dieser Kommunistendruckerei gewachsen: Ab 1950 vier Angestellte, zwei Jahre später schon acht, 1953 bereits elf Drucker, davon zwei Meister, die Aufträge für die westdeutschen Kommunisten seien mittlerweile aus der ganzen Bundesrepublik gekommen, von sämtlichen Landes- und Regionalverbänden, aus dem Norden wie aus dem Süden. 1956 dann das KPD-Verbot, aber da habe August Schramm längst gute Kontakte in die DDR besessen und die DDR habe zwar gute Drucker, aber keine guten Maschinen besessen, und so seien nach und nach auch Aufträge aus Ostdeutschland in Kiel eingetrudelt. Und Ostdeutschland schien schon damals ein relativ sicherer Markt für kommunistische Propaganda zu bleiben.

Wie man sich Peter Schramm als Kind vorstellen müsse: In dunklen Kniebundhosen, mit braunen Schnürschuhen an den Füßen und einem anrasierten, strammen Scheitel auf dem Kopf, denn diese Frisur habe sogar den Krieg überlebt. Ein blasser Junge, etwas kleiner als die anderen seines Jahrgangs, mäßige Noten in Sport und Kunst, sehr gute Noten in Mathematik und Physik, aber kein Streber, sondern einfach nur einer, der alles hinkriegt, was er sich vornimmt. Von den Lehrern trotzdem kritisch beobachtet, genau wie seine jüngere Schwester Ilma, natürlich aufgrund der väterlichen Druckerei, denn den Kommunisten sei ja auch weiterhin die Mitschuld am Untergang der Weimarer Republik in die Schuhe geschoben worden und damit auch an allem anderen. Nach der Schule habe Peter Schramm im Betrieb helfen müssen, und zwar täglich: Dem Setzer assistieren, Papierstapel mit der Sackkarre heranschaffen, Kartons stapeln.

Vielleicht gehe dieser Rückblick auch viel zu weit, sagte Jana Schramm. Vielleicht erkläre der gar nichts und suggeriere stattdessen nur historische Zwangsläufigkeiten, platte Kausalitäten, Unausweichliches. Im besten Fall könne so ein Rückblick ein bisschen was andeuten über den Onkel und seine spätere BRD-Flucht als Schwimmer, die ihm ja wenigstens dieses Boltenhagener Stück Unsterblichkeit eingebracht habe. Man müsse sich eben klarmachen, dass Peter Schramm ein Kind mit vertauschten Himmelsrichtungen gewesen sei, aufgewachsen in seiner eigenen

Mini-DDR, in der einzigen Außenstelle des Deutschen Sozialismus, Exerzierplatz 9, Kiel Mitte. Wer als Elfjähriger Heftchen mit Reden von Walter Ulbricht in Kisten verpacken müsse, während seine Schwester Micky Maus lese, der nehme sich irgendwann eines dieser Heftchen mit ins Bett oder auf die Toilette oder ins Baumhaus und blättere darin und habe vielleicht sogar Spaß an so viel Grundsätzlichkeiten. Für den werde Walter Ulbricht zu Donald Duck. Dem komme das Zentralkomitee bald vor wie Entenhausen. Und Streitereien um die Stalinnote oder die Kollektivierung der Landwirtschaft wie Angriffe der Panzerknacker auf Dagoberts Geldspeicher. Der lebe in der einen Hälfte Deutschlands und lese sich täglich in die andere hinüber. Der spüre, wie um ihn herum ein Wirtschaftswunder entstehe und könne aus dem Gedächtnis Stimmen zitieren, die noch mehr Betriebsenteignungen fordern und noch mehr Planvorgaben und noch weniger Privilegien und so weiter.

1963 sei dann ein bekannter Kieler Textilfabrikant gestorben, sagte Jana Schramm. Und der Großvater habe nicht gezögert, diese Textilfabrik aufzukaufen und der DDR von nun an auch Fahnen in West-Qualität anzubieten. Im anderen Deutschland wäre man begeistert gewesen von so viel Unternehmerehrgeiz und natürlich auch von der hochwertigen Verarbeitung und dem modernen Druckverfahren und daraufhin sei im Osten erst so richtig aufgeflaggt worden: An Ministerien, Schulen, Staatslimousinen und in Peter Schramms Jugendzimmer hätte bald der neue, schwarz-rot-goldene Stoff geweht und gehangen, wetterfest, handvernäht, farbecht und mit gestochen scharfem Emblem. Auch wenn August Schramm samt Familie da längst in eine ehemalige Gauleiter-Villa in Schilksee umgezogen sei, samt Pullman-Mercedes und Chauffeur, habe der Kieler Oberbürgermeister angesichts der wachsenden Produktion von Fahnen und Parteiprogrammen für den Sozialismus schließlich eine sichtbare Geste verlangt, die Schramms Bekenntnis zur freien Marktwirtschaft unterstreichen solle und seinen Glauben an das bundesdeutsche System und an Gott, kurz, den Beitritt zur CDU.

Nun könne man August Schramm vermutlich einiges vorwerfen, aber bestimmt keine Inkonsequenz, und deshalb habe der sich nicht mit einem einfachen Parteibeitritt begnügt, sondern gleich als Bürgermeisterkandidat aufstellen lassen und 1965 tatsächlich die Wahl gewonnen, wenn auch ziemlich knapp. Seinen Kunden hinter der frisch aufgemauerten Grenze hätte Schramm dieses christdemokratische Engagement als notwendige kapitalistische Fassade zur Flaggenherstellung verkauft und seinen Sohn Peter im gleichen Jahr auf die Kieler Universität geschickt, mit dem dringenden Befehl, Betriebswirtschaftslehre zu studieren. Die Finanzierung dieses Studiums sei wiederum durch einen Job in der Druckerei geregelt worden, diesmal als eine Art Korrektor, also in der Funktion, sämtliche Programme, Erlasse und Ansprachen auf ihre Richtigkeit zu überprüfen, die Bögen zu kontrollieren, orthografische Fehler aufzuspüren und vielleicht sogar manchmal eine inhaltliche Anmerkung zu machen, schon deshalb, weil so ein Korrektor ja ohnehin immer alles lesen müsse, also jeder dieser Reden tatsächlich aufmerksam folge und sie nicht auf irgendeiner Ostberliner Tribüne verschlafe, weil der Programme und inhaltliche Debatten akribisch notiere, weil der noch genau wisse, wer wann was zu wem gesagt habe und weil der nicht umhinkönne, sich angesichts von so vielen Parolen in Parolen-Angelegenheiten immer besser auszukennen.

Mit der Zeit sei man da drüben aufmerksam geworden auf diesen jungen Mann aus Kiel und seine kleinen Optimierungsvorschläge, seine organisatorischen Einfälle, seine intelligenten Begriffsalternativen. Die Umbenennung der Mauer in den Antifaschistischen Schutzwall habe Peter Schramm einmal ins Spiel gebracht, eher aus Spaß, das sei vielleicht nach wie vor das prominenteste Beispiel für die studentische Mithilfe aus Norddeutschland. Aber zahlreiche weitere Erfolge gebe es auch: Verbesserungen in der Hierarchisierung und den Vergabekriterien parteiinterner Auszeichnungen, die Umbenennung des Kulturbundes in Deutscher Kulturbund, die Abschaffung von Christi Himmelfahrt als Feiertag und was nicht sonst noch alles. In der SED habe eines Tages Honecker persönlich begriffen: Auf diesen Lesenden aus Kiel kann man sich verlassen, da gibt es jemanden, der sich tatsächlich für die staubtrockene sozialistische Bürokratie interessiert, der sich hineingräbt in Paragrafen und Terminologien und Jahrespläne. Und vielleicht habe man diese besondere Fähigkeit zur Verinnerlichung der DDR ja gerade in der Distanz zwischen Kiel und Ostberlin begründet gesehen, in der erhellenden Außenperspektive auf einen Staat, aus dem ja sonst niemand herausgekommen sei, um sich irgendwelche erhellenden Außenperspektiven zu verschaffen.

Unterdessen: Eine florierende Produktion von Parteifahnen, FDJ-Wimpeln und Aufnähern am Exerzierplatz, ein hochzufriedener Bürgermeister August Schramm, der an die fünfzig Mann unter sich wisse, darunter allein zwei Sekretärinnen, der jetzt neben seinem Pullman-Mercedes auch noch einen Porsche 911 besitze, der sich nach und nach aus dem Geschäft heraushalte, und der – ganz im Gegensatz zu seinem Sohn – auch keine selbst produzierte Fahne über dem eigenen Schreibtisch sehen wolle, der schließlich sogar mehrere Hämmer und eine völlig verrostete Sichel aus seiner privaten Werkstatt entfernen lasse, alles, um bloß keine Parteifreunde zu irritieren. An den Wochenenden habe sich Peter den 911er ausgeliehen, um mit seinen wechselnden Freundinnen Spritztouren zu unternehmen, in Richtung Lübeck beispielsweise, auch an die Küste, nach Travemünde. Diesen Zustand von Familie und Betrieb müsse man sich ziemlich haltbar vorstellen, haltbarer zumindest als die Kanzlerschaft Brandts, haltbarer auch als die Kanzlerschaft Schmidts, aber doch nicht unendlich: 1985 sei August Schramm an einem Januarmorgen tot im Bett gefunden worden, als Opfer eines Blutgerinnsels im Hirn, als verdienter Kieler Bürgermeister, als Multimillionär, als Hersteller irgendwelcher hochwertigen Textilien und Druckerzeugnisse.

Neben seiner Ansprache für die Beerdigung habe Peter damals parallel an einer Honecker-Rede gearbeitet, bis tief in die Nacht, ein dringender Notfall aufgrund der Republikflucht des eigentlichen Redenschreibers. Um die Anhebung der Arbeiterlöhne sei es in dieser Ansprache gegangen, und die ersten Sätze des SED-Chefs habe man am nächsten Morgen in der Kieler St. Nikolaikirche hören können, aufgrund der Verwechselung zweier ziemlich ungleicher Manuskripte. Zum hauptberuflichen Ghostwriter Honeckers sei Peter Schramm zwar nicht geworden, wohl aber zur tragenden Säule des langsam nahenden Republikjubiläums. Zehntausend Fahnen habe der Onkel seinen Kunden vorgeschlagen und schließlich auch verkauft, zwecks konsequenter Beflaggung von ganz Berlin. Außerdem sei eine 35 Meter lange Tribüne in schwarzrotgold entworfen worden, zur Abnahme der Militärparade durch die Staatsführung, dazu Fähnchen für die Kinder, und zwar nicht aus Papier, sondern aus bestem Polyacryl. Die

Folge: 1989 als das umsatzstärkste Jahr in der Geschichte der Firma Schramm & Sohn, Freude über den vierzigsten Geburtstag der DDR, große Vorfreude auf den fünfzigsten Geburtstag der DDR, Pläne, wie dieses halbe Jahrhundert Sozialismus in naher Zukunft begangen werden müsse, Berechnungen, ob man ganz Ost-Berlin unter einer einzigen Fahne verstecken könne, dann die plötzliche Angst vor unerwarteten Protesten, vor nicht enden wollenden Demonstrationen, vor radikalen Umbrüchen, trotz dieser ganzen, schönen Beflaggung.

In dieser Situation habe sich der Onkel offenbar entschlossen, ein Zeichen zu setzen, sagte Jana Schramm. Der habe erkannt, dass seine Kundschaft dringend Hilfe benötige, pressetaugliche Solidarität, die größtmögliche, positive Aufmerksamkeit. Peter Schramms Lösung: Eine schwimmende Flucht in die DDR, von Travemünde nach Boltenhagen, rund zwanzig Kilometer durch die Ostsee, immer an der Küste entlang, um zu demonstrieren, aus diesem anderen Deutschland müsse man nicht abhauen, da könne man auch verweilen und sich erfreuen am Sozialismus und an Tausenden von sozialistischen Fahnen, um die Bürger da drüben wachzurütteln, um denen klarzumachen, dass sie in einem liebenswerten Staat leben. In einem Staat, in den es sich sogar zu flüchten lohne. Der drohende Untergang der DDR müsse für den Onkel eine schreckliche Vorstellung gewesen sein, eine Vorstellung, die ihn regelrecht zum Protest-Schwimmer gemacht habe. So wie in der Bronze dargestellt, sei Peter Schramm am siebten September 1989 durch die warme Ostsee gekrault, und erst kurz vor Boltenhagen von einer Grenzpatrouille entdeckt und für einen Flüchtenden gehalten und erschossen worden, eine Kugel mitten in den Rücken. Das Denkmal zeige natürlich einen lebenden Schwimmer. So, als sei der Onkel nie getroffen worden. In einer eleganten Bewegung kraule Peter Schramm jetzt dauerhaft durch den Boltenhagener Himmel, mit angespanntem Bizeps und kräftigen Wadenmuskeln und mit einem ernsten, würdigen Gesicht. Nur in der Ausrichtung der Bronze hätte man sich neulich schon zum zweiten Mal vertan und den Onkel stramm und unbeirrt in Richtung Westen schwimmen lassen. Dank der drehbaren Stange sei dieser Fehler allerdings schnell wieder behoben worden.

In den Jahren nach der Wende habe es natürlich erst mal schlecht ausgesehen für den Betrieb, sagte Jana Schramm. Aber irgendwas ergebe sich ja immer. Letzte Woche beispielsweise sei eine Bestellung aus Kuba eingegangen, Tribünenschmuck für eine Parade zu Ehren des genesenen Fidel Castro. Und auch die restlichen DDR-Fahnen habe man damals nicht weggeschmissen, zum Glück, die gingen nämlich inzwischen wieder ganz gut. Jetzt allerdings in ganz Deutschland.

Nadja Wünsche
Gedichte

Vor gestern

Alles halbe
Dir zum spiel

Im nacken die kalten
Zehen der fremde
So schlafen wir ein
Vor der nacht und
Den hängenden decken

Im nacken von fremden
So reisen wir ab

Übernächtigt vom regen
Der morgen verspricht
Neue hunde am zaun
Wir bleiben auf den wegen

Windsicht

Vor netzruinen kauern
Die wiesen ins land

Der tag ist
Ausgeworfen

Sein nass läuft spuren
In den staub der wochen
Wer denkt an abschied
Kein abschied

Es wäscht dich aus wie
Eine alte wunde

So reisen wir ab

wand .lungen. wand

ljubimyi: keiner misst schöner die wasser
stände in goldfischmetaphern als du mein
durchschrittener blicksteg bleibt in sprech an
lagen hängen wie vom gaumen fort gelöst

ljubimyi: dein winkeltod ist tausend
fach obschon du achten läufst gegen
die ansatzrohre. wie oft hast du die
fußsohlen verbogen, kam ich fremder
noch aus einer deiner mitten?

der falten wurf deiner

haut macht mich stumm

stehende gewässer

die sonnennassen stirnen haben ihre
wasserläufer ausgeschickt

auf wimpernsohlen vierteln sie
das letzte warm der tage

geparkte blicke auf rollsplitt & rücken
die haut ein rasches grenzorgan

im stillen trennen sich die ufer
wer schwimmt sich vor dem abend frei

gespiegelt in den untiefen der kipp
figur bist du nur wo wir aufeinander folgen

unsere stummen
    lichtungen nach stürmen

            seitlich begangen sind
bäume gestorben sagst du
und willst weiter   hinein

die toten tiere
        auf den spurrillen
                sind viele du schaust
ganz genau und
dann zeigst du drauf
            wie früher
                    auf den landeanflug

über unseren köpfen
        der wald heißt fernwald
                die orte wie du:

wer namen trägt
        und weiß nicht wohin

wunder

punkt 1:

wie du den weg kennst –
blind
vor den zügen in denen du sitzt
erreichst du dein ziel
weit
vor den zügen
ein luftraum, gefüllt & zu füllen
erneut
& das, was bleibt
ist vergeben
(an wen?)

punkt 2:

das haar im nacken
gebunden
die kehlen von eben
ein spiel
vor uns dinge
die dich binden
wie nur kornfelder es tun:
nicht gelb genug
(um zu schweigen)

punkt 3:

& es bleibt dein
zurück, kein
zurück:
ein blick durch die
scheiben ein
laufen daneben
erblindete wege du
fällst deine hände –
ein randloses enden dies
münden

BahnÜberGang

die Rücken der Schranken
sind geduldig

(mit so vielem) sie

legen die Minuten
weiß rot weiß mit
Weichenzungen
aus

hinter Glas

zieht die Zeit ihr
Schaueinreh!
zu Fäden

gemäßigte zone

der spätherbst trinkt auf
parkbänken aus dosen

selbst bei regen
bläst er dir einen

blätterturm ein erster
hautvorsprung

noch ein stock der
gegen zäune läuft

noch ein weg
der zweiteilt

der halblaut sagt
das muss man sehen

laufen wir schneisen
durch die letzten enten

verschleppte wende
kreise auf den fersen

Sutur

Die Stadt ist viele Tage breit
Auf den Stufen ihrer Ränder
Sitzt ein Mann

Zenitgrau sind die
Brustbeinwege
Zenitgrau ist
Der Wandbelag

Er zieht sich die Kopfhaut
Tief ins Gesicht
Und sieht den Staub
Nicht fallen

Das Herz wird
In Flussrichtung
Eröffnet

Von innen nach außen
Vernäht die Stadt
Ihre Ränder:

Narbengewebe
Und auf den Stufen
Sitzt ein Mann

vor den rissen der rand

dieser wege wenn jeder gedanke wie
hängende berge die sichtfelder
köpft
und viele arme vom stamm
der sie baum sein lässt und kronen

es regnet den sand aus den wüsten du
denkst dir das ende der welt
ins haar
und die ecken der kreuzungen
immer im wechsel als fluchtpunkte an

und der wind ist der letzte
                        der sich nicht legt

in atem, lose

das sagbare ist durchlässig geworden
unter wasser pflückt sie dir die
narbenkränze von der haut

das späte erinnern, faustgroß sinkt es
auf grund und verharrt

bis der lungen flügel uns
nach oben tragen

Judith Zander
Gedichte

žuljana

1

kennst du das land wo
oleander die abendwellen weiden
die oliven bäumchen wechsel dich
spielen die ganze nacht du am mittag
nicht tun musst als hättest du
etwas bemerkt wenn du deine
weißen schritte zwischen sie häkelst

2

ließen uns wie die spätlichte sonne
im netz aus korallroten anfangssätzen
ans meer ziehen das schwamm heran gleich
einem kleinen zutraulichen kalmar
nach jeder seenadelkurve beleckten
blicke seine salzweiße glätte und da
geschah uns das alte wunder im absoluten
süden anfang august gegen abend: viele und
aberviele der tintenfische winkten und blinkten
uns unten zu tunkten die ganze fläche vom einen
kieselende der bucht zum anderen in ihr leibplasma ein
hinter uns zog sich die hoheit des berges
wohlgefällig zurück

3

rabatz rabatz fanden wir uns
im reich der zikade welche nach anderthalb
tagen bereits zur wahrnehmung dann erst
wieder gelangt wenn sie sich einem
geheimen grunde unterwirft und
für drei klebrige wimpernschläge
jählings verstummt

ihr jargon ein hartes
seeräuberknappes dalmatisch ganze
landschaften wie bestickt mit den taktmustern
winziger nähmaschinen ratzfatz
wie mein jugoslawischer wecker
zu hause mein herzschlag viermal
beschleunigt der schlaf bewacht
von aufgebrachten kleinstengelkompanien

4

eine himmelhelle eine erden
farbene portalfigur fotografierten
wir uns in alter manier denn das
waren keine schatten um uns denn
wie sollten unsolide körper wie unsere
dunkle umrisse werfen
auf das kalkgehäuse gottes vielmehr
schien es erstmalig gelungen den kurzen
augenblick eines auflodern echter auren
zu fixieren ihr duft übrigens (denn
sie duften) ist rosmarinern hauptsächlich
mit zarten noten einiger blauer blumen

5

auf hoher
hausweinsee als mein fuß
fast bei monduntergang
fehlging an jenen
herzstein zwillingsweiße beute
aller gewesenen gegenwärtigen
tage der künftigen
also gleich
das war
kino freilicht wie vor der
terrasse ein beinah humaner
scheinwerfer in den kulissen
versank die schlafpappe
federte länger nach

6

der morgen aber warf uns
die bälle zu: melonen und
volle wellen wir nahmen sie
an diese in- und auswendige
wässerung ausschwemmung
aller bitterstoffe aus
denen die träume sind manche
schlagflüsschen tropfworte
auf den weißen stein da lag
entfernt und klein unser zelt
eine leere miesmuschel

7

die zeit der halben insel lag
in großmutters schoß levitierte
präzise eine kristallkugel
zwischen ihren händen zwei braunen
blättern an einer dunklen frucht bewachte
sie den schwarzlila feigenschatten
in der rechten verandaecke hockten
die steine noch dreh sie nicht um
brütend auf den knisternden
mittagsgeistern ihr erster
sengender laut löste die alte
von ihrem bannplatz es roch leicht
verbrannt gegen vier aber musste
sie im linken pinienwinkel
wieder materialisieren wir
lernten mehr von ihr als uns lieb
sein konnte eines morgens waren
wir aus heiterem himmel wie aus
versehen verschwunden verkehrt
und stumm dreh dich nicht um

oder tau

meine hand ist ein toter fisch morgens
auf deiner brust treibt er
seitlings die nacht flog
ein fischreiher auf

meine augen zwei schaukelnde kanus in
den knappen wellen des taglichts dir sitzt
ein toter fisch wie ein alp auf der brust
wie ein fisch an der luft schnappst du zuckst
zurück vor den brüdern der eine
heißt schlaf sie paddeln
mit einvernehmlichen schlägen bei jedem
knüpfen sie blitzende schnüre
tropfen für tropfen in den fluss

meine hand ist ein toter fisch
morgens silbern die schuppen im schilf
ungefangen schwappt er auf deiner brust
ans ufer das schilf fackelt lange

kirschen

auf meinen fingern trocknen die flecken
wie dunkelrote tinte: als wäre
mein tagewerk das schreiben
blutiger urteile oder bestenfalls sticheleien
in form kränklicher korrekturzeichen
an den rändern der aufsätze
über die wie in junihitze
abgewetzte brisen meine seufzer gehen

aber ich spalte nur kirschen und
das holzbrett ist eine abwaschbare schlachtbank
auf der sich die steine wie däumlingsschädel
häufen dazwischen die maden keine
fünf millimeter lang und nur
ein schmutziges pünktchen am einen ende
markiert: hier ist vorne wiewohl ich
nicht weiß ob das für eine made
in ihrem ausgepolsterten kirschhaus
eine rolle spielt ihre rhythmischen
windungen machen den eindruck
fruchtloser gymnastik

ich kenne einen der lallte als er
an himmelfahrt besoffen
nach haus kam: die süßkirschen
sind schon reif doch das war
bevor er anfing den herrentag
den tag des herrn zu nennen und
seine bierchen heimlich zu kippen den klaren
im abendlichen schutz einer garage
so schattig dass gott und die welt ihn
unmöglich finden konnte
drinnen hockte eine und hatte

mehr tränen und gebete für sich
und ihn zusammen als das digitalfernsehen
kanäle der große baum kirschen
in einem guten jahr

die indischen bauern wurden krank
als sie begannen nach westlichen standards
den reis zu waschen und abzuwaschen
die würmer und fliegen die proteine und
während ich mich noch frage wie
vegetarier sich verhielten zu diesen madigen kirschen
ahne ich schon dass sie sie verschlängen
dass die säfte spritzten die kerne
das winzige loch verschwände wie richtige
nahrung in ihrem richtigen magen

meine finger sind rot und abwaschbar

herzen zu händen

was ich sehe ist eine verseifungsreihe
schlüpfrige ansichtsstücke handlich
in echtherzform meine sauberen blicke
rutschen andauernd ab klemmen
sich hinter die schilder männlich
sechsundzwanzig das kann
kein infarkt gewesen sein das
ist ein stummes gesundes herz
ehrlich wie kernseife

laugen klarglas zweimal unbeschlagen ich
diese richtung stellt sich ein
als korrektiv des spiegelwegs:
ich schiebe blicke durch scheiben erhasche
organe im warmbad dies sei
eine öffentliche reinigungsanstalt
es gibt nichts zu verbergen

und es ist nicht gesagt
dass nicht eine leber, zirrhös
eine ähnliche schönheit aufweisen kann
wie ein eiweißer ebenmäßiger gallenstein
oder eine hand auf dem dunklen
rahmenholz der vitrine
oder wie man es nennt

jeder schrank balanciert auf vier fragen:
wie hält man es aus sich anzuschaun
wie hält man es nicht aus sich anzuschaun
wie hält man es aus sich nicht anzuschaun
wie hält man es nicht aus sich nicht anzuschaun

was sind monstren andres als
die vorstufe einer demonstration
einer studie in melancholie die nichts ist
als ein schlagschatten heller ausgelassenheit

auf ein zwinkern aber wartet man
beim auge des zyklopen vergeblich
und die sirene folgt nicht singend
den auslaufschwingungen ihres teigigen leibes
keine zwei worte gibt der januskopf preis
und potenziell müssen die äußerungen
eines amorphen bleiben

aber der spalt zwischen menschlichen
häuten ist schmal geworden und klar
wie glas es passt eine zarte
dankbarkeit nur hinein und ein wenig
vom dürren grinsen des zwillingsskeletts
rutscht nach dann kommt schon
das letzte los es schimmert
grün und ist ein
exit

restwärme

das jahr ist am ende wir haben acht
tage nicht mehr die sonne gesehn
und das wetter gebärdet sich unerhört gleich
einem seine taubheit aufs äußerste ausreizenden
kind spielt mit dem frischen abreißkalender
zupft lustvoll ab blatt um blatt und raschelt
bereits in den letzten tagen des märz

etwa auszurasten derhalben wagt niemand allen
aber kribbelt es in den fingern wie nach
dem kontakt mit jungen nervösen
tannenschößlingen es ist zum ausfahren
aus der zweiten haut mit dem rollkragen
winterfell das uns in dieser saison
zögerlich nur um die ungesegneten
leiber wuchs ein ajourmuster bildete
mit den räudigen schneeweißen stellen die tage
aber vergrünen wie überzählige
kartoffeln deren anwesenheit
in der achtlosigkeit der dunkelsten ecke des
                                            spülschrankes
peinlich berührt

immerhin

nachmittags waren die prophezeiungen
eingetroffen es hatte begonnen
zu schneien im limonadenlicht
der straßenlampen tanzten die schwärme
junger weißer wintermotten behutsam
vorbeigleitende autos große
geschöpfe mit schwarzglänzender walhaut
bliesen sie vor sich her im schein
ihrer selbstleuchtenden augen

ich schlingerte inmitten des leichten
volkes bestürzt über die anschläge
meiner hämmernden stiefeltypen
die semikolonspur durch das unbedingte
vertrauen des instinkts mit dem
die schneewesen ihre ansiedelung
betrieben auf dem frostgemagerten
boden sich lautlos vermehrten

der himmel hatte den ton aufgeweichten
zeitungspapiers angenommen wie jenes
mit dem ich später meine schuhe
getrocknet habe ein unwahres licht
wie in nachtszenen alter filme

der schnee des folgenden morgens war
ein festgewalztes geflecht aus negativformen
wie ein von kindern eifrig und holperig
ausgestochener teig und die kinder
sind es auch die nichts umkommen lassen
und sich mit hohen herzhaften stimmen
auf die letzten unberührten flecken
stürzen ihnen ein noch unbekanntes
gebilde einzuprägen der rest und
das lose mehl sind für eine
immerhin mögliche katz

Die Autoren

Knut Birkholz, geboren 1971, lebt in Rotterdam als freier Ausstellungskurator und Autor in den Bereichen Architekturkritik, literarische Essayistik und Aphoristik. Er leistete Beiträge zu einer Vielzahl von architektonischen Projekten, Ausstellungen, Symposien und Bucheditionen. Seine Texte veröffentlichte er u. a. in Ausstellungskatalogen, Programmschriften und Architekturzeitschriften.

Nina Lucia Bußmann, geboren 1980 in Frankfurt am Main, studiert Komparatistik und Philosophie in Berlin und Warschau. 2005 nahm sie am 9. Klagenfurter Literaturkurs teil. Sie veröffentlichte Texte in Zeitschriften und Anthologien, u. a. in »la mer gelée« und »lauter niemand«.

Nava Ebrahimi, geboren 1978 in Teheran, lebt seit 1981 in Deutschland. Nach ihrer Ausbildung an der Kölner Journalistenschule für Politik und Wirtschaft studierte sie Volkswirtschaftslehre an der Universität Köln. Heute arbeitet sie als Redakteurin für die *Financial Times Deutschland* in Hamburg. 2000 war sie unter den zwölf Gewinnern des Brigitte-Schreibwettbewerbs und 2006 belegte sie den ersten Platz beim Schreibwettbewerb der Aktion Mensch.

Tina Ilse Gintrowski, geboren 1978 in Berlin, studierte Germanistik und Iberomanische Philologie in Bonn. Seit 2002 veröffentlicht sie ihre Texte und nimmt an Lesungen teil. 2005 gewann sie einen Preis beim Mannheimer Heinrich-Vetter-Literaturwettbewerb. Zurzeit lebt sie in Leipzig, wo sie seit 2006 am Deutschen Literaturinstitut studiert.

Djawad Hossaini, geboren 1980 als Sohn afghanischer Eltern, verbrachte seine Kindheit im Iran und in Afghanistan, bevor er 1995 mit seiner Familie nach Deutschland emigrierte. Nach dem Abitur studierte er Elektrotechnik in Darmstadt und Berlin. Im

September 2007 begann sein Aufbaustudium der Wirtschaftswissenschaften in Paris und in Stuttgart.

Timo Kröner, geboren 1975 in Kirchheim unter Teck, studierte bis 2003 Germanistik und Geschichte in Tübingen und Basel. Er ist Mitglied der Autorengruppe »Pathos Pate« in Basel und hat am dortigen Literaturhaus an einigen Schreibwerkstätten teilgenommen.

Mirko Tobias Kussin, geboren 1974 in Recklinghausen, lebt in Dortmund und studiert an der Ruhr-Universität Komparatistik und Politikwissenschaft. Veröffentlichungen in Zeitungen, Zeitschriften und Anthologien. 2003 LesArt-Preis der Stadt Dortmund. 2004 Vestische Literatureule und 2006 der Auf-Bruch-Stellen-Preis der Stadt Bochum.

Juliane Liebert, geboren 1987 in Halle an der Saale, besucht zurzeit das Gymnasium in ihrer Heimatstadt und wird 2008 ihr Abitur machen.

Anselm Neft, geboren 1973, wohnt und schreibt in Berlin, Bonn und Wachtberg-Pech. Er schreibt regelmäßig satirische Artikel für Welt-Online sowie Nachrufe und Glossen für den Berliner Tagesspiegel. Er veröffentlichte in Zeitschriften und Anthologien. Regelmäßige Auftritte auf Berliner Lesebühnen. Er ist Mitglied der Bonner Lesebühne »Der Kleingeist« und Mitherausgeber von »EXOT – Zeitschrift für komische Literatur«.

Theresa Pak, geboren 1979 in Köln, studierte am Deutschen Literaturinstitut in Leipzig. Sie veröffentlichte ihre Texte in der TIPPGEMEINSCHAFT 2004, in Kanal 4 der Deutschen Bahn und in der Reihe »Entdeckungen« des Literarischen Colloquiums Berlin. Zurzeit lebt sie in Düsseldorf und schreibt Prosa, Hörspiele und Drehbücher.

Carolin Reeß, geboren 1973 in Schrozberg, Hohenlohe, studierte Theater-, Film- und Fernsehwissenschaften sowie Germanistik und Kunstgeschichte an den Universitäten Erlangen, Basel und Köln. Seit 2001 lebt sie in Köln, wo sie als Pressereferentin arbeitet.

Andre Rudolph, geboren 1975 in Warschau als Sohn eines deutschen Vaters und einer polnischen Mutter, wuchs in Leipzig auf. Studium der Germanistik, Philosophie und Slawistik in Freiburg. 2006 Promotion in Halle, wo er derzeit auch als wissenschaftlicher Mitarbeiter tätig ist. Veröffentlichungen in Zeitschriften u. a. »Sinn und Form«.

Gregor Runge, geboren 1981 in Neubrandenburg, studierte am Deutschen Literaturinstitut in Leipzig. Im Anschluss daran besuchte er die Hochschule für Fernsehen und Film in München, wo er die Fächer Dokumentarfilm- und Fernsehpublizistik belegte. Derzeit lebt er in Berlin.

Sara Magdalena Schüller, geboren 1982 in Herrsching am Ammersee, studiert seit 2003 Kulturwissenschaften und Ästhetische Praxis an der Universität Hildesheim. Bisher hat sie vorwiegend Lyrik und Hörspiele geschrieben.

Kerstin Schulte, geboren 1973 in Konstanz, Mitarbeit am Theater der PH Heidelberg. Studium der Kunst an der Akademie der Künste und der Germanistik an der Universität Karlsruhe. Regieassistenz, Video- und Textarbeit. Seit 2002 lebt sie als freischaffende Künstlerin in Berlin und arbeitet in den Bereichen Literatur, Malerei und Installation.

Christoph Steier, geboren 1979 in Bielefeld, lebt in Zürich und an der Ostsee. Nach seinem Studium der Literaturwissenschaft in Erfurt und Dublin, promoviert er derzeit an der Universität Zürich.

Mischa Strümpel, geboren 1976 in Weinheim a. d. Bergstraße, lebt und arbeitet in Bad Mergentheim. Lehramtsstudium in den Fächern Deutsch, Kunst und Philosophie in Heidelberg. Er führte interdisziplinäre Projekte sowie Gruppen- und Einzelausstellungen durch. Bisher Veröffentlichungen in Zeitschriften und Anthologien.

Johann Trupp, geboren 1979 in Frunse heute Bishkek/Kirgisien, emigrierte als Jugendlicher mit seinen Eltern nach Deutschland. Nach seiner Ausbildung zum Bürokaufmann arbeitet er derzeit als Lagerist im Großhandel. Er besucht seit 2000 eine örtliche Schreibwerkstatt.

Simon Urban, geboren 1975 in Hagen, nach dem Studium der Germanistik, Komparatistik und Philosophie in Münster Ausbildung zum Werbetexter an der Texterschmiede Hamburg, seit 2006 Studium am Deutschen Literaturinstitut Leipzig. Er arbeitet als Werbetexter bei Scholz & Friends Hamburg. Münsteraner Erker-Kurzgeschichtenpreis (2003), Texthammer der Texterschmiede Hamburg (2004), Literaturförderpreis Ruhrgebiet (2005), Limburg-Literaturpreis der Stadt Bad Dürkheim (2006).

Nadja Wünsche, geboren 1985 in München, studiert Germanistik, Philosophie und Psychologie in Heidelberg und in Hildesheim Kreatives Schreiben. Außerdem Teilnahme an der Literaturwerkstatt für junge Autoren im Berliner WannseeForum 2006. Unter den Gewinnern des internationalen Lyrikwettbewerbs »Castello di Duino« (2007).

Judith Zander, geboren 1980 in Anklam, studierte Germanistik, Anglistik und Geschichte und am Deutschen Literaturinstitut Leipzig. Veröffentlichungen in Zeitungen und Zeitschriften, u. a. »EDIT«, »manuskripte«, »Das Gedicht«. Stipendiatin des Künstlerhauses Lukas in Ahrenshoop.

Die Jury

Georg Klein, geboren 1953 in Augsburg, lebt mit seiner Frau, der Autorin Katrin de Vries, und zwei Söhnen in Ostfriesland. Er schreibt vor allem Erzählungen und Romane. Veröffentlichungen u. a.: »Libidissi«, Rowohlt 1998, »Anrufung des Blinden Fisches«, Rowohlt 1999, »Barbar Rosa«, Rowohlt 2001, »Die Sonne scheint uns«, Rowohlt 2004. Er gewann 1999 den Brüder-Grimm-Preis und im Jahr 2000 den Ingeborg-Bachmann-Preis. Zuletzt erschien 2007 der Roman »Sünde – Güte – Blitz« bei Rowohlt.

Antje Rávic Strubel, geboren 1974, lebt als freie Schriftstellerin in Potsdam. Sie studierte nach einer Buchhandelslehre Amerikanistik und Literaturwissenschaften in Potsdam und New York, wo sie zudem als Beleuchterin arbeitete. Sie unterrichtete am Literaturinstitut Leipzig und veröffentlichte zuletzt die Romane: »Fremd Gehen. Ein Nachtstück«, Mare/dtv 2002, »Tupolew 134«, C.H. Beck 2004 und »Kältere Schichten der Luft«, S. Fischer 2007, der für den Preis der Leipziger Buchmesse 2007 nominiert war. Unter anderem erhielt sie den Förderpreis zum Bremer Literaturpreis und den Marburger Literaturpreis sowie 2007 den Hermann-Hesse-Preis. Sie übersetzte Joan Didions »Das Jahr magischen Denkens« aus dem Amerikanischen.

Raphael Urweider, geboren 1974 in Bern, Studium der Germanistik und Philosophie an der Uni Fribourg, Besuch der Allgemeinen Jazz-Schule Bern. Lebt und arbeitet in Bern als Lyriker, Theaterautor, Regisseur, Rapper und Musiker. Publikationen u. a.: »guten tag herr gutenberg«, edition thanhäuser 1999, »Lichter in Menlo Park«, DuMont 2000, »Kobold und der Kunstpfeiffer. Fast eine Räubergeschichte«; edition thanhäuser 2001, »Neue Mitte«, Theaterstück, gemeinsam mit Samuel Schwarz, Jussenhoven und Fischer 2003, »Zombies. Herbst der Untoten«, Theaterstück, gemeinsam mit Samuel Schwarz, Jussenhoven und Fischer 2003, »Das Gegenteil von Fleisch«; DuMont 2004. Er erhielt zahlreiche Preise und Stipendien, u. a. den Leonce-und-Lena-Preis der Stadt Darmstadt (1999), den 3Sat-Preis des Ingeborg-Bachmann-Wettbewerbs 2002 in Klagenfurt, das New-York-Stipendium des Deutschen Literaturfonds 2003 (Förderpreis des Kranichsteiner Literaturpreises), den Buchpreis der Stadt Bern 2003, den Clemens-Brentano-Preis der Stadt Heidelberg 2004.

Preisträger und Jury 1993–2007

Jahr	Jury	Preisträger
1993	Uwe Kolbe Ginka Steinwachs Peter Wawerzinek	Wolfgang Schlenker Tim Krohn Kathrin Röggla
1994	Bodo Hell Katja Lange-Müller Michael Wildenhain	Ulf Stolterfoth Karen Duve Michael Müller
1995	Sabine Peters Walter Klier Jan Faktor	Julia Franck Sabine Neumann Christian Futscher
1996	Friederike Kretzen Kerstin Hensel Wilhelm Bartsch	Marcus Jensen Vera Henkel Olaf Behrens
1997	Margit Schreiner Kurt Drawert Michael Roes Burkhard Spinnen	Robby Dannenberg Björn Kuhligk Terézia Mora
1998	Brigitte Oleschinski Marlene Streeruwitz Georg M. Oswald	Boris Preckwitz Stephan Groetzner Tobias Hülswitt
1999	Birgit Vanderbeke Kathrin Schmidt Arnold Stadler	Almut Tina Schmidt Jochen Schmidt Michael Stauffer

Jahr	Jury	Preisträger
2000	Terézia Mora Gerhard Falkner Silvio Huonder	Zsusza Bánk Claudia Klischat Markus Orths
2001	Julia Franck Jens Sparschuh Adolf Muschg	Nico Bleutge Erika Anna Markmiller Tilman Rammstedt
2002	Ulrike Draesner Josef Haslinger Birgit Kemper	Kai Weyand Christian Schünemann Ariane Grundies
2003	Karen Duve Ingomar v. Kieseritzky Ferdinand Schmatz	Kirsten Fuchs Petra Lehmkuhl Veronika Reichl
2004	Thomas Hettche Michael Lentz Christina Viragh	Christian Schloyer René Becher Rabea Edel
2005	Katja Lange-Müller Lutz Seiler Peter Stamm	Lucy Fricke Dagrun Hintze Jörg Albrecht
2006	Maxim Biller Christoph Geiser Barbara Köhler	Luise Boege Katharina Schwanbeck Julia Zange
2007	Georg Klein Antje Rávic Strubel Raphael Urweider	